Nessy – so ein Hu

M. E. Naumann

Nessy – so ein Hundeleben

Bibliografische Information der Deutschen Nationalbibliothek
Die Deutsche Nationalbibliothek verzeichnet diese Publikation in der
Deutschen Nationalbibliografie; detaillierte bibliografische Daten sind im
Internet über http://dnb.d-nb.de abrufbar.

© 2009 M. E. Naumann
Satz, Umschlaggestaltung, Herstellung und Verlag:
Books on Demand GmbH, Norderstedt
ISBN: 978-3-8391-9220-7

VORWORT

Wer diese Zeilen gelesen hat, kann sich getrost als Seelenverwandter der Hunde, hier speziell der Dackel, fühlen. Und es sollte ihn mit Würde und Stolz erfüllen, denn nicht jeder Mensch wird vom Dackel gleichermaßen geschätzt oder gar geachtet. Viele werden maximal akzeptiert und im schlimmsten Fall hingenommen als notwendiges Beiwerk.

Dabei ist ein Mensch ohne Hund in vielen Fällen nur ein halber Mensch. Besondere Qualitäten stellen, ohne Frage, den Blinden- oder Behindertenhund über alle seine Artgenossen sowie die Rettungshunde.

Aber bitte, auch der stinknormale Hund – ob Rasse oder nicht – erfüllt therapeutische Aufgaben und das ohne es zu wissen. Wie viele Menschen würden in unserer so modernen Gesellschaft vereinsamen, würde nicht der Hund zum täglichen Spaziergang zwingen. Auf diesem Gassigang entstehen zwischenmenschliche Kontakte und sei es in erster Linie mit anderen Hundebesitzern. Man kennt sich dann eben. Nicht selten entstehen Freundschaften und auch Lebensgemeinschaften sind bereits so auf den Weg gebracht worden.

Was passiert, wenn einer der Hundebesitzer mehrere Tage nicht gesehen wird? Richtig, man fragt, man sorgt und kümmert sich. Dieses Sozialverhalten gibt es scheinbar nur noch unter Hunde-, nein, Tierbesitzern generell.

Und doch ist der Hund wieder die Ausnahmeerscheinung, denn er ermöglicht den Kontaktaufbau, er fordert, fördert und perfektioniert diesen. Ganz nebenbei erweitert er ebenfalls seinen Kontaktkreis oder intensiviert ihn für seine ureigensten Zwecke.

*Dass dieses Buch nicht eine schriftstellerische Höchstleistung dar-
stellt, erklärt sich von selbst. Bitte welcher Dackel hat jemals eine
solche Ausbildung in Anspruch genommen? Somit überlasse ich Sie
meinem Dackelmädchen Nessy und gebe nur ab und an die bereits
erwähnten menschlichen Zwischenkommentare.*

November 1997 ist es, wir sind fast 3 Monate alt. Wir, das sind Rauhhaarteckelwelpen, saufarben und äußerst putzig. In meinem Stall herrscht ziemliche Unruhe, Leute kommen, nehmen mich und meine Geschwister in Augenschein, dann gehen sie wieder. Immer diese Störungen! Eben waren Leute hier, die haben unseren Jungen eingehend untersucht, von allen Seiten beäugt – dann sogar in den Mund, zumindest aber an den Mund genommen und wieder meiner Mami zurückgegeben.

Hund im Mund, ich weiß ja nicht. Dann haben unsere Menscheneltern etwas von Namen geben geredet und unser Bübchen wurde von nun an nur noch *Victor* gerufen. Aber ehrlich, so richtig interessiert hat es ihn nicht. So ging das nun tagaus, tagein, unsere Menscheneltern zeigten uns immer irgendjemandem und manchmal waren die Fremden schon komisch. Da war so eine Frau, die roch vielleicht fein, so nach Wurst und Fleisch, richtig toll. Nur kam die nie wieder, schade. Schrecklich fand ich die Menschen, die noch Kleinausgaben von sich mitbrachten. Dann war es entsetzlich laut und weh tat es auch oft. Irgendwie konnte ich all diese Vorgänge nicht verstehen.

Jeden Abend kuschelte ich mich bei meiner Mami ganz dicht an, träumte meine Hundeträume bis der Dicke, der jetzt *Victor* heißt, so penetrant drängelte.

Morgen dürfen wir das erste Mal raus in den Freiluftzwinger – *was ist das eigentlich*? – und alle sind ganz furchtbar aufgeregt, meine Mami, die Menscheneltern und alle Felltanten und -onkel. Ach was habe ich sie alle lieb. Ich glaube, das ist das wahre Hundeglück!

Jetzt ist morgen und einige meiner Schwestern sind schon »draußen«, logisch, Victor war gleich der Erste. Ob das schön da ist? Meine Mami ruft mich auch, also gehe ich ganz vorsichtig mal schauen. Der Gang ist wie eine Röhre, ziemlich dunkel und ich fürchte mich sehr. Huch, jetzt ist es auf einmal hell. Da sind ja alle, Victor, Mami und die anderen. Prima, alles geschafft. Aber kalt ist es, ich will wieder zu dem roten Licht. Was sehe ich denn nun schon wieder? Ja es ist wahr, schon wieder so ein Mensch, der uns alle auf den Arm nimmt, ich will mal lieber rückwärts in die Röhre und das alles genauestens beobachten. Ob wieder einer von uns einen Namen erhält? Victor hat das nicht sonderlich geschadet. Auwei, meine Menschenmami hat mich gepackt und dem Fremden in die Hand gegeben, was hab ich Angst.

»Bitte bitte, tu' mir nicht weh.«

Komisch schaut er ja aus, dieser Fremdling, aber eine feine warme Stimme hat er, so eine Träumerstimme. Jetzt lacht er mich an, 5 Striepsel soll ich haben, meint er. Was ist das denn nun wieder? Ganz vorsichtig ist der Fremde und setzt mich wieder auf den Boden. Nichts wie ganz schnell weg hier, in meine Röhre. Aber nicht zu weit weg, sonst versäume ich vielleicht etwas. Mal sehen, was der Fremde nun tut – noch steht er in meinem Zuhause. Hach, er spielt mit all meinen Verwandten. Gern würde ich mitspielen. Trotzdem bleibe ich auf meinem Beobachtungsposten, besser ist. Nun darf keiner denken, ich wäre neugierig, oh nein! Aber wissen muss ich schon alles. Was höre ich da eben? Der Fremdling will Samstag wiederkommen und seine Menschin mitbringen und dann mich, ausgerechnet mich, mitnehmen. Ich will nicht weg, weg von Mami, Victor und den anderen. Heute ist schon meine Schwester mit einem Namen versehen worden, sie heißt jetzt *Vera*, und dann war sie einfach weg. Wer raubt uns hier und warum beißt Mami nicht alle, die uns mitnehmen wollen? Hat sie uns nicht mehr lieb?

Samstag, 22.12., der Fremdling hat es wahr gemacht, er ist mit einer Frau da und das ist merkwürdig, die kennt meinen Namen schon.

Ach ja, das habe ich noch gar nicht erzählt. Einen Tag nachdem besagter Fremdling hier war, wurde ich ebenfalls mit einem Namen bedacht. Ich werde jetzt mit Vanessa angeredet.

Die Menschen heben mich auf den Arm, flüstern mir was ins Ohr und knuddeln mich. An das Knuddeln könnte ich mich schon gewöhnen. Jetzt spielen sie mit allen Verwandten, auch denen aus dem Nebenzwinger. Unsere Menscheneltern gehen jetzt mit den beiden fort, eigentlich schade. Gut, spielen wir weiter und vergessen darüber sämtliche Störfälle. Jetzt kommt mein Menschenvati und nimmt mich einfach weg, weg von meinen Geschwistern, meiner lieben, lieben Mami – ich fürchte mich so. Was geschieht mit mir? Warum bin ich nicht gleich wieder in meine sichere Röhre verschwunden? Dann hätte man mich nicht brutal verschleppt!

Jetzt hat mich die Frau von vorhin auf dem Arm und alle gehen zu einem Knattergefährt, die Menschen nennen es Auto. So, ade du liebe Welt, ich fahre mit den beiden Menschen fort und werde euch alle wohl nie wiedersehen. Mein Hundeherz hat richtig Kummer und ist ganz schwer. Eigentlich weine ich innerlich, also zittere ich ein bisschen. Die neue Menschin kuschelt mich ganz eng in ihre Jacke. Das ist fein. Da riecht es nach Felltier und die ganze Zeit streichelt sie mich. Beide reden auch ganz viel und doch leise – zärtlich mit mir. Nach einiger Zeit steigen wir alle aus diesem Auto aus und gehen in einen Laden. Der riecht hoch interessant. Meine neue Menschin trägt mich die ganze Zeit auf dem Arm. Nur einmal stellt sie mich auf ein Tischchen und nimmt so ein Lederteil dem Mann ab, um es mir an den Hals zu halten.

»Was soll das denn? Aber es riecht so irre gut.«

Irgendwann habe ich dann so ein Riemchen um den Hals

und daran hängt ein identischer Fussel, den die Menschen in der Hand halten.

»Aha, Leine nennt man das also. Na gut. Hübsch rot ist das alles und wie gesagt, es riecht wirklich sehr angenehm.«

Nun bin ich ein perfekter Hund, habe noch andere feine Sachen erhalten, zum Belohnen, sagen die Großen. Es geht wieder in die Knatterbüchse und ich kuschle wieder bei dieser Frau.

Wir fahren, glaube ich, Jahre. Alle gehen wir in ein Haus, eine schräge Treppe hoch – ich noch immer auf dem Arm. Dann stehe ich plötzlich auf der Erde. In einem Raum, in dem es ganz verlockend riecht. Später erfahre ich, es ist die Küche. Und Küche ist gut, sehr gut sogar. Hier ist nämlich die Futterquelle, für alle.

Am besten erst mal in die Ecke, da bin ich sicher. Vorsichtig schaue ich mich um. Soll das mein Zuhause sein?

Oh was steht denn hier direkt neben mir? Sieht aus wie ein, wie *mein* Körbchen. Mit einer ganz flauschigen Decke. Mein neues Frauchen hebt mich in das Körbchen und Herrchen schaut begeistert zu. Dann schleppen beide Spielzeug an und setzen sich in einiger Entfernung auf Hocker. Was soll ich bloß tun? Vorsichtig verlasse ich mein Domizil, ganz langsam, Pfötchen vor Pfötchen setzend, erkunde ich meine neue Umgebung. Aha, eine Röhre gibt es hier nicht. Mist! Dafür liegen Holzstücke rum, kann ich drauf rumbeißen – zeige ich aber noch nicht. Am Ende wollen die beiden drauf rumkauen.

»Was gibt es hier viele Zimmer, da verlaufe ich mich ja nur. Wo war jetzt mein Körbchen?« Ob ich mal leise winsele? Dann tragen mich die Menschlinge sicher zurück. Wundervoll, das hat funktioniert. Alles eine Frage der Erziehung.

Nun sitze ich im Körbchen, ach was, jetzt kuschle ich mich richtig ein und schlafe eine Runde. War doch sehr aufregend heute und der Tag ist noch nicht zu Ende. Was machen jetzt wohl meine Kumpelchen? Ob die auch alle weggeholt wurden? Weinen die auch dicke Dackeltränen?

Nach einem Nickerchen sieht die Welt erheblich besser aus. Meine neuen Menschlinge sitzen noch immer an meinem Körbchen und bestaunen mich. Ist ja irre gut hier, jetzt werde ich mit einem sogenannten Halsband versehen und dennoch auf dem Arm getragen. Sollte ich jetzt Mami und Papi zu denen sagen? Erst mal abwarten.

Zum ersten Mal auf der Straße, ich soll mich lösen und ähnliche Dinge tun. Aber erst einmal muss ich die neue Gegend genau beschnuppern, das riecht hier vielleicht fremd. Neue Menschen beäugen mich und quietschen belustigt … »Ach wie süß«, jeder tätschelt an mir rum. Nichts wie ab in die Steine, jetzt drückt es mich aus allen Richtungen. Fertig … oh, das ist der helle Wahnsinn, ich werde von meiner neuen Mami gestreichelt und ein Leckerli gibt es obendrein.

»Also gut, ihr seid jetzt Mami und Papi, okay!«

Wieder im häuslichen Umfeld, ich soll fressen, ich mag aber nicht. Wie bringe ich den beiden das nun wieder bei? Das Leckerli von vorhin, ja, das würde ich fressen, aber richtig ausgewogenes Hundefutter – ne, das bitte nicht.

»Wundervoll, auch das hat geklappt!«

Jetzt beschließe ich kurzerhand, egal wo meine Mami hingeht, ich folge immer ihren Füßen. So lerne ich die Welt kennen und werde viel gestreichelt. Für Mami bedeutet das, es darf keine Tür zugemacht werden, vor jedem Schritt ein Blick zu mir. Also kurz: ich, Nessy, bestimme den ganzen Tagesablauf. Mein neuer Papi ist schwer beschäftigt. Eben kam er mit einem doll piekenden Baum die Treppe hoch. Dieses Ungetüm stellte er dann in das große Zimmer, in einen komischen Metallständer. Solange der Papi damit beschäftigt war, hatte mich meine Mami, an die ich mich mehr und mehr gewöhne, auf dem Arm. Was das alles soll, will ich wissen. Aber noch haben meine Menschlingseltern mit meiner Art von Sprache einige Schwierigkeiten. Verständigungsprobleme nennt man das.

Mit meinem unwiderstehlichen Dackelblick frage ich auch gleich nach:

»Ich will jetzt sofort wissen, was mit diesem Baum ist. Und was bedeutet das Wort Weihnachtsbaum? Kann man das fressen?«

Der Baum steht in voller Pracht im Wohnzimmer, Probelauf mit Lichtern – superschön. Wie das glitzert und glänzt.

Unser Hundebaby schleicht sich ganz langsam und fast auf dem Bauch kriechend näher. Was wäre die Welt ohne Neugier und ein Hundekind ist zauberhaft neugierig. Nessy erobert ihr neues Zuhause. Mit ihren großen dunklen Augen wird alles detailliert begutachtet und als nachdrückliches Erkennen das Schnäuzchen benutzt. Abends liegen oder sitzen wir alle auf dem Boden und lassen unseren Hund die Welt genießen. Erst wird getobt, mit dem Ball gespielt und dann heißt es schmusen bis der Arzt kommt. Unser kleines Mädchen wirft sich dann auf den Rücken, heißt Bauchkraulen und beißt dabei in unsere Hände. Manchmal tut das recht weh. Aber nicht weil das kleine Wesen zu grob wäre, oh nein. Die Zähnchen sind wie Messerspitzen scharf und spitz, wobei das Feingefühl bei einem Welpen auch noch nicht so ausgeprägt ist.

»Hallo, wieder vom Abendgang zurück, Papi.«

Erst mal kontrollieren, ob der Baum noch da ist. Am besten ich lege mich darunter, dann ist das mein Baum und ich sehe, wenn ihn jemand wegnehmen will. Meine Menschen reißen immer den Mund auf und das heißt: ab in die Betten. Klasse, heute nimmt mich meine Mami mit ins Bett. Oh da kuschele ich mich eng an und schlafe ganz schnell ein. Ein Hundeleben ist gar nicht so übel. »Gute Nacht!«

Unsere Zuckerpuppe Nessy hat gewonnen, sie schläft bei uns. Es ist zauberhaft, den leisen ruhigen Atem zu spüren, ihre Laufbewegungen im Traum zu erleben. Ob die kleine Hundeseele noch leidet? Immerhin verliert so ein kleines Tier von einer Sekunde zur anderen Geschwister, Eltern – zumindest aber die Mutter und die menschlichen Bezugspersonen. Haben wir Menschen uns jemals über die Tragweite ernsthaft Gedanken gemacht? Warum nicht? Ein Tier hat eine genauso empfindsame Seele wie wir. Bei Nessy vermute ich manchmal in der suchenden Unruhe genau dieses seelische Leiden, welches aber mit jedem Tag abnimmt. Jetzt braucht sie unsere Zuneigung ganz besonders, sozusagen in Klinikpackungsgröße.

Wir sind gespannt wie Schulbuben, wie Nessy auf Weihnachten reagiert. Selbstverständlich bekommt sie auch Geschenke. Ich nehme mein kleines Fellbündelchen ganz vorsichtig in den Arm und so schlafen wir beide ein.

Heiligabend, alle haben gut bis sehr gut geschlafen. Unser Hund scheint ein Langschläfer von Natur aus zu sein. Wir frühstücken und Nessy verbleibt im Bett, kuschelt sich unter die Decke. Auf nun zur ersten Runde.

»Guten Morgen, liebe Mami und lieber Papi. Ich weiß schon, Gassi gehen.«

Also raus und schauen, was so passiert. Wir sind wieder an der Wiese beim Feld und meine Mami hebt mich plötzlich auf den Arm. Ein riesiger Hund kommt und hat an seiner Leine eine ältere Mami. Oder ist das seine Omi?

»He, du da, Hund, ich hatte in meinem Stall auch eine Omi. Lena wurde sie gerufen.«

Der große Hund schaut mich an. Sieht eigentlich nicht böse aus. Hat ein feines schwarz-weißes Fell. Aber seine Omi sagt, ich soll auf dem Arm bleiben, Dina mag keine Dackel. Ob Dina der Name des Hundes ist? Nun gut, dann eben nicht. Gehen wir halt unserer Wege.

Jetzt sitze ich in der Küche und schaue meiner Mami zu. Es riecht irre gut hier, da bleibe ich sicherheitshalber. Nicht dass ich am Ende was versäume! Was macht Mami da unentwegt? Da wird so eine große Klappe aufgemacht, dann etwas geschoben oder so und wieder zugemacht. Aber eines weiß ich jetzt, in dem Gerät wird der gute Geruch versteckt.

So schöne Musik überall. Die wiegt mich ganz sanft in den Schlaf.

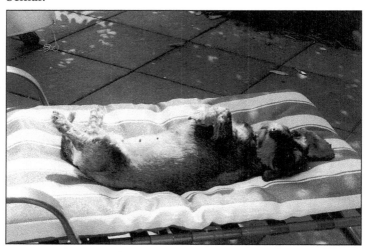

Die Sonne scheint mir auf den Bauch – soll sie auch

Eigentlich nichts Wichtiges passiert, Gassi gewesen, kleine aufgeregte Menschen getroffen und angeknurrt, lustig, die hatten Angst vor mir. Mami fand das nicht so komisch, scheint es. Meine Mami hat mir mit erhobenem Zeigefinger erklärt, dass ich Kinder nicht anknurren und erschrecken soll. So entsteht nämlich Angst vor Hunden, bei Kindern. Nur bei Kindern?

»Mami, ich will ganz fix nach Hause, ich will zu dem Baum mit den bunten Figuren, den Glasbällen und Silberfäden.«

Nanu, jetzt liegen Päckchen darunter, aber ich darf nicht ran. Langweilig, die riechen nach nichts.

Mami und Papi sind jetzt schöne Menschlinge, sie riechen gut und haben sich fein rausgeputzt. Das muss am Baum liegen! Irgendwie ist die Stimmung ansteckend, ich bin so aufgeregt. Mein Näpfchen ist mit feinen Sachen gefüllt.

»Das fresse ich sofort auf. Nicht dass Mami und Papi das haben wollen. Selber essen macht satt. Jawohl!«

Mami und Papi haben auch etwas Leckeres in ihren Näpfchen, es riecht wenigstens toll. Ob ich mal betteln sollte? Könnte sein, dass mir das ebenfalls gut schmeckt. Also Nessy, jetzt an die Beine setzen und ungebremst schauen. Wie lange sind sie konsequent?

»Hurra, Ziel erreicht, Fleisch gab es. Geflügel nannten sie es. Egal, es war super.«

Übrigens sitzen meine Menschen in dem Zimmer, das mit einem Türchen versperrt ist. Heute bin ich mit drin und finde das absolut toll. Obwohl, was ist an diesem Zimmer, das ich sonst nicht durchtoben darf? So eine Tür wie hier ist noch an der Treppe, das sehe ich ein. Die ist steil und lang und kleine Hunde fallen schnell runter. Dann ist man krank oder für den Rest seines Hundelebens behindert. Das will ich nun wirklich nicht. Aber hier, hier sehe ich keinen Grund.

Die schöne Musik gefällt mir sehr. Jetzt gehen wir alle zusammen in das Wohnzimmer, zu meinem Baum. Die Päckchen liegen noch immer so unordentlich auf der Erde. Jetzt bekomme ich ein solches Päckchen und beschnuppere es intensivst und von allen Seiten. Der Geruch ist nur ganz zart auszumachen, allerdings hoch interessant. Am besten rupfe ich gleich am Papier. Fetz, fetz! Mann, das riecht ja immer besser! Oha! Ein Knochen! Nichts wie weg und in die Ecke.

»Mein Knochen. Ihr bekommt davon nichts.«

Ob meine Geschwister auch so etwas Feines heute bekommen

haben? Für mich gibt es noch Schokolade, Hundeschokolade und eine feine Wurst. Die Menschlinge haben ihre Päckchen auch schon ausgepackt. Ich gehe mal nachsehen. Keine Knochen. Waren vermutlich nicht brav. Schnell wieder in meine Ecke, Knochen putzen. Weihnachten gefällt mir, glaube ich.

Es ist schon spät, die Laternen sind aus und ich gehe noch einmal in die Steine. In allen Häusern brennen Lichterbäume, überall scheint es friedlich zu sein, Lieder werden gesungen und alle sind ganz lieb zueinander. Schön, nur – weshalb ist das nicht immer so? Eine seltsame, schöne Stimmung liegt in der Luft. Ein Hauch von Frieden, von Glückseligkeit und tausend Sterne funkeln dazu. Mit diesem Bild im Herzen schlafe ich in Mamis Arm ein.

»Weihnachten ist ganz was Feines!«

Heute ist erster Weihnachtstag, sagen meine Menschen. Ob das was Unanständiges ist? Auf jeden Fall gehen wir alle zusammen ausgiebig spazieren. Ich tobe vorneweg, Mami hat die Leine nicht an mir befestigt, ich laufe sozusagen frei. Das Lustigste aber befindet sich in Mamis Tasche, Hundeleckerli. Immer wenn ich verstehe, was sie von mir will und es auch brav tue, dann zaubert meine allerliebste Mami etwas aus der Tasche. Das macht richtig Spaß und brav bin ich.

»Hm, kannste glauben.«

HALT und SITZ werden als Übung ausgegeben.

»Ist das wirklich wichtig?«, frage ich meine Menschen.

Die sagen ja, damit ich nicht vom Auto erfasst werde oder zu weit vor ihnen laufe. Das Letzte verstehe ich durchaus.

»Aber – was ist … vom Auto erfasst werden? Ich werde heute Abend noch mal nachfragen.«

Also weiterspazieren. Wenn diese Menschen nur nicht immer stehen bleiben würden, nur um mit anderen Zweibeinern zu schwatzen! Mal schwafelt der eine, mal der andere und wenn es ganz schlimm wird, dann alle auf einmal. Ich als normal denkender Hund verzweifle schier in solchen Situationen. Zum Glück ist mein Frauchen nicht so schwatzhaft und wenn wir beide Gassi gehen, hält sich die Schwätzerei in Grenzen. Adele, eine Berner Sennhunddame, und Pascha, der Jagdhund, sind da weit schwieriger dran. Deren nähere Angehörige schwatzen und schwatzen und schwatzen …

Also weiter in lernfähiger Hundemanier und immer mal ein Leckerli. Ist echt klasse, so kann es weitergehen. Jetzt werde ich aber ganz schön müde. Meine Menschen merken das und es geht wieder Richtung Hundekörbchen. Äuglein zu und träumen.

Hm, der feine Geruch in der Wohnung weckt mich auf, das gefällt mir. Mami nimmt mich auch gleich auf den Arm und wir schmusen. Papi kommt dann auch noch dazu, jetzt wird getobt. Ich beschäftige meine Eltern ausgiebig und danach setze ich den typischen Dackel-Bettel-Blick auf, gebe allerdings keinen Mucks von mir und schaue von einem zum andern. Da gibt es nämlich Kuchen, Kekse oder so etwas. Ist doch viel besser als Hundefutter!

»Juhu, das hat wieder geklappt.«

Ich, Nessy, bekomme Weihnachtsstollen mit Marzipan. Allerdings nur winzige Stückchen und damit relativ wenig.

Und dann passiert es! Ich bin so aufgeregt und mit meinem Ball beschäftigt, dass ich nichts merke. Auf einmal ist da eine Pfütze auf dem Teppich. *Au wei, was jetzt?*

Meine Hundemami hat dann immer furchtbar geschimpft mit uns, ihren Hundekindern. Sein Revier macht kein Hund schmutzig, sagte sie dann, mit bedrohlich erhobener Vorderpfote. »Aber ich wollte das nicht, wirklich nicht.«

Meine Menschenmami scheint meine Angst zu verstehen. Sie

holt Küchenkrepp, macht sauber und zieht sich an – Mantel, Stiefel und dann die Leine. Aha, es geht los.

Ehrlich, das Wetter ist langweilig. Also schlechtes Wetter, um genau zu sein. Das hilft nur nicht, es geht wieder Richtung Sträßchen. Da kommt Rocky, eine sehr liebe lustige Rottweilermischung. Der ist aber wild und sein Papa sieht merkwürdig aus. Langes lockiges Kopffell und dazu maulfaul. Dolle Mischung!

»Natürlich weiß ich, dass die Menschen kein Fell auf dem Kopf haben, sondern Haare. Aber bei Rockys Papa weigere ich mich, den Begriff Haare zu benutzen!«

Rocky und ich toben, nur ist Rocky angegurtet, von daher bewegungseingeschränkt und so endet das Spiel relativ fix. Weiter geht es in Richtung Wald. Das macht mir sehr viel Spaß und ich vergesse das miese Wetter und die Pfütze in der Wohnung.

Mami geht immer bergauf mit mir. Und das mit meinen kurzen Beinchen. Noch ein kleines Stück und wir sind an einer Quelle. Hier finde ich es sehr schön. Das Wasser plätschert lustig vor sich hin. Wenn wir ganz leise sind und intensiv zuhören, hören wir eine wunderschöne Melodie. Der Wind in den Bäumen liefert die Bassversion dazu und schon ist die Natur zweistimmig. Eine traumhafte Stille hier, aber die unterbreche ich durch saufende, schlabbernde Trinkgeräusche – immerhin bin ich auch Natur.

Ganz langsam gehen wir zurück in die wärmenden Räume.

Nach meinem Schönheitsschläfchen bin ich wieder zu allen Schandtaten bereit.

»Hm, was mache ich jetzt am besten? Ich werde mal durch alle Räume streifen, wird sich schon was finden. Ei schau mal da – hier steht was zum Beißen, Schuhe von Papa.« Gesagt, getan! Leder schmeckt fein und lässt sich so lustig verformen.

Ob Papa das auch so toll findet? Vielleicht knabbert er ja ein wenig mit.

In der Zwischenzeit ist es Abend und erst gerade eben entdeckt Papi seine – meine Schuhe. Warum findet er das gar nicht fein? Mault rum und will, dass ich mir Schimpfe abhole. Komische Menschen. Also Kopf gesenkt, mit Unschuldsmiene hin und dann den Dackelblick von schräg links unten nach rechts oben. Wird schon irgendwie funktionieren. Ei jei jei, Papi hat an meinem Ohr gezupft und du – du gemacht. Seine Stimme klang allerdings recht angespannt, um nicht sauer zu sagen. Scheint die Schuhe geliebt zu haben.

»Ach Papi, man muss sich doch auch mal von was trennen können und ehrlich, ich wusste nicht, dass Schuhe von dir tabu sind. Ehrenwort, ich nehme als Nächstes nur die von Mami!«

Oh, gut gegangen, Schönwetterwolken ziehen wieder auf. Eine friedliche Nachtruhe beginnt und ich werde sicher wieder spannende Träume haben. Ich erzähle euch später darüber mehr. Gute Nacht!

Eigentlich sehr schade, Weihnachten ist vorbei. Der schöne bunte Baum steht noch im Zimmer, aber die ganze Stimmung verliert ihre Schönheit. Selbst im Radio kommt wieder nur die ganz alltägliche Fiedelei.

So vergehen die Tage und das neue Jahr hat begonnen.

»Kalt ist es, grau und ungemütlich, soll ich wirklich auf die Straße, Mami?«

So ein Ärger, es muss wohl so sein. Dafür muss Mami aber auch frieren, ganz recht so. Nach einer Weile merke ich weder Kälte noch Nässe. Meine Nase ist so beschäftigt, dass ich gar nicht merke, wie schnell es dunkel wird. Es ist doch noch Nachmittag, aber schon so finster. Da erklären mir meine Menschen, dass im Winter, also wenn es kalt und hässlich ist, die Tage viel kürzer sind. Heißt also im Klartext, es wird eher dunkel. Ist doch überhaupt nicht schwer, sich das zu merken. Wenn die Heizung oder der Ofen im Zimmer warm sind, dann wird es ganz fix dunkel. Aber, und das ist der Widerspruch, ab Januar werden die Tage wieder länger. Wer soll das denn verstehen?

Mein Papi ist nicht da. Ich glaube, er ist schon Jahre weg. Aber Mami hat versprochen, heute kommt er wieder.

»Mal sehen, was ein Versprechen von Mami tatsächlich wert ist.«

Aber sie war die ganze Zeit noch lieber zu mir als ohnehin schon. Mit Leckerli hat sie mich allerdings etwas kurzgehalten, das muss ich schon so sagen. Von zu dick werden und dem Tier nicht hilfreich sein hat sie gefaselt. Was hab ich damit zu tun, bitte schön?

Und endlich, endlich kommt er. Mein Papi. Da raste ich beinahe aus. Ganz aufgeregt renne ich an der Treppe hin und her, werfe meine Plüschteddys runter und quietsche ganz laut:

»Mein Papi ist wieder da, Mami hat wirklich Wort gehalten, super.«

Jetzt muss ich vor Freude fast aus meinem Fell fahren, jubeln, quietschen, toben, Purzelbaum schlagen und all das was mir so einfällt.

»Und mir fällt viel ein, könnt ihr glauben, hmm. Also, weg mit euch, mein Papi!«

Das wird zu meiner Begrüßungszeremonie. Nur finde ich später diese Purzelbäume zu albern, ich bin doch Dame und habe solche Albernheiten nicht nötig. Der Rest bleibt Ritual.

Einen schweren Koffer schleppt Papi und beim Auspacken kommt ein gar witziges, undefinierbares, schwarzes Fellteil zum Vorschein.

»Was ist das denn?«

Jetzt setzt er sich das auf den Kopf. Sieht schon besser aus, aber was ist es? Aha, eine Kopfbedeckung aus Russland, eine *Tschapka*. Schade, hätte viel lieber damit gespielt. Nun erzählt Papi uns von seiner Reise.

»Sorry, ich bin leider dabei eingeschlafen und weiß nur noch, dass es in diesem Land saukalt ist.«

Heute ist ausnahmsweise Sonnenschein und Mami ist mit mir auf der Wiese toben. Einfach super. Da kommt wieder der große schwarz-weiße Hund, Dina war – so glaube ich – ihr Name. An der Leine hängt heute aber eine andere Frau, nicht die Omi. Die andere Frau sagt Mami, sie soll mich mal vom Arm nehmen. Dina solle mich heute kennen lernen und sie, die andere Frau, passt schon gut auf. So taucht über meinem Gesicht der riesige Kopf von Dina auf, schnuppert, leckt und fordert mich zum Spielen auf.

»Wundervoll, so eine große Freundin habe ich jetzt! Und Angst habe ich vor dir auch keine mehr. Sehr schön.«

Was hat Dina doch für große Pfötchen, da muss ich ja fünf Schritte machen um mitzuhalten. Ich glaube eine Lebensweisheit begriffen zu haben: Große Freunde haben nicht nur große Füße, sondern auch ein doppeltes Tempo im Leben.

Dinas Mami ist ganz lieb zu mir, sie hebt mich auf den Arm und schmust ganz toll. Aber Dina will immer dazwischen, mitschmusen.

»Große Hunde sind auch noch eifersüchtig, na super! Aber warte mal Dinchen, dich erziehe ich auch noch.«

Jetzt sind wir in Dinchens Zuhause. Was hat man da für riesige Hundenäpfchen! Dina ist ein Traumhund, ich darf aus ihrem Napf fressen. Jetzt muss ich keine Angst mehr vor ihr haben, meine Mami auch nicht. Ich bin sozusagen als Zweithund adoptiert.

Wieder in heimatlichen Gefilden muss ich all das Erlebte im Traum aufarbeiten, also: Schönheitsschlaf ist angesagt.

»Sorry, verlasst bitte mein Körbchen.«

So ein Hundekind im Schlaf zu beobachten kann hoch interessant und lustig sein.

Da wird gezuckt, gestrampelt, gequietscht, manchmal sogar geknurrt. Es liegt an uns, in diese Hundetraumwelt per Fantasie einzudringen und unsere menschenbehaftete Interpretation einzubringen. Vielleicht würde sich mein Dackel über meine Traumversion königlich amüsieren, wenn nicht gar kaputt lachen. Wäre es nicht manchmal so viel schöner, die Dinge des Lebens aus der Hundeperspektive zu betrachten? Vieles wäre unkomplizierter. Und eines steht wie in Stein gemeißelt: Intrigen, Missgunst und/oder Falschheit, das hätte keinen Raum. So etwas ist den Tieren generell fremd, das obliegt nur dem höchstentwickelten »Tier«, dem Menschen. Ist hier nicht eher der Mensch das Tier? Weshalb ist der Begriff Tier überhaupt negativ behaftet? Ein Tier sollte jedem Menschen nur 14 Stunden am Tag als Vorbild dienen, wie wenig würden sich z.B. Israelis und Palästinenser bekriegen. Würde es überhaupt noch Kriege geben?

»Hallo, Mami, ausgeschlafen! Du schaust so tiefsinnig, habe ich was verpasst?«

Mami schüttelt den Kopf, pummelt sich ganz dick an, will heißen es geht auf die Straße und außerdem ist es kalt.

»Au prima, ich will wieder zu Dina, Aaron oder Spaky oder wem auch immer.«

Wie, ihr kennt Spaky nicht? Spaky ist ein neues Hundekind hier bei uns, eine Mischung aus Riesenschnauzer und anderem Großgetier. Rabenschwarz, relativ hoch, mit einer lila Zunge. Ein bisschen verrückt ist er auch, zieht sein Opa-Herrchen brutal durch die Welt und mag überhaupt nicht gehorchen. (Muss er auch nicht – Welpenschutz).

Auf der Wiese ist wieder allgemeiner Hundetreff, die Menschen tauschen diverse Erziehungstipps aus – als wenn die bei uns vonnöten wären – Erfahrungen eben so und dann Kochrezepte oder so was Ähnliches. Egal, Hauptsache wir können umherkaspern!!!!!

Irgendwann ist jedes Spiel zu Ende, ich muss all das was Anlass für diesen Gang war. Schade nur, die Zeit der Lob-Leckerei ist vorbei. Also wackel, wackel, heimwärts. Nur nicht so schnell …

Jetzt ist mein Papi eingetrudelt, von seiner Arbeit und ich begrüße ihn laut quietschend, jaulend, singend und werfe mich auf den Boden. Im Nu liegen wir beide schmusend und tobend auf der Erde. Begrüßungsritual! Danach darf Papi essen gehen, sonst fällt er noch vom Fleische. Mal schauen ob ich was vom Teller erben kann. Hinsetzen und geübten Blick anwenden.

»So ein Mist, Mami hat was von Konsequenz erzählt. Muss was Unanständiges sein (jedenfalls für mich). Es kommt nichts vom Teller.«

Also verkrieche ich mich ins Körbchen.

»Denkt bloß nicht, dass ich heute an mein Näpfchen gehe, ich mache Hungerstreik. Werdet schon sehen was ihr davon habt. Weinen werdet ihr um mich, wenn ich heute Nacht Hungers sterbe. So, ätsch.«

Beeindruckt hat das meine Menschlinge nicht, sie reden von abnehmen, Diät und all solchen Dingen. Gefallen will mir das gar nicht, auch wenn ich nicht alles verstehe, aber meine Zusatzleckerlis vom Menschenteller sind gestrichen – und das finde ich gemein. Ich will ein ganz normaler Dackel sein und kein Dressmanobjekt. Ha, ich kann fremdländisch denken, irre nicht wahr?!

Nun gut, heute ist nichts zu machen, Mami hat ihren Konsequenztag und da geht gar nichts. So trolle ich mich, sehe fern, liege oder tobe rum und gehe nach der Abendrunde schlafen. Natürlich bei Mami, die kuschelt immer so süß mit mir.

Nachts besuche ich dann Papi, nicht dass er Entzugserscheinungen hat.

So gesehen geht es mir doch wirklich prima. Wie viele andere Hunde – auch Kleine –, schlafen im Freien, im Zwinger, in der Hütte oder so – manche haben auch gar kein Zuhause und schlafen auf Plätzen und Straßen. Das sind arme Tiere. Mami hat schon mal von Hunden erzählt, die geschlagen und getreten werden. Aber schrecklich finde ich die Vorstellung, dass Hunde ausgesetzt, oft vorher gequält und misshandelt werden. Warum tut der Mensch so etwas? Hat er das jemals von einem Hund oder einem anderen Tier erlebt? Nein, ein Tier liebt ehrlich und ganz und wenn es enttäuscht wird, dann zerbricht sein Herz. Mensch – hast du schon einmal darüber nachgedacht?

Mit so beängstigenden Gedanken gehe ich in die Nacht und kuschle mich noch dichter an Mami. »Ich hab euch lieb!« Hmmmm .. »Gute Nacht.«

So vergehen die Tage, Wochen und Monate. Unser Dackel entwickelt sich zu einer ausgeprägten Persönlichkeit, die durchaus ihren eigenen Kopf einzusetzen weiß. Mit Engelsgeduld erträgt Nessy erzieherische Maßnahmen und zeigt sich sehr lernwillig. Die Befehle SITZ, HALT und AUS beherrscht sie sicher. HALT, so heißt die geheime Zauberformel bei zu weiter Entfernung zwischen Mensch und Tier; AUS, so gilt es undefinierbare Gegenstände o.ä. aus dem Schnäuzchen fallen zu lassen. Der wichtigste Befehl aus unserer Sicht ist SITZ. Nessy hat gelernt diesen sofort umzusetzen, denn dann nähert sich meist ein fahrbarer Untersatz – also Auto, Fahrrad oder Moped – und das bedeutet für einen Welpen Lebensgefahr. Ich glaube in der Zwischenzeit, kein Hund kann ein Auto richtig als Gefahr einschätzen und so ist das eine Frage des Überlebens. Nessy hat im Laufe der Zeit schon einen Automatismus in bestimmten Situationen entwickelt, der uns staunen lässt. Geht z.B. einer von uns abends mit ihr Gassi und sie sieht zwei Lichter sich nähern, dann setzt sie sich vorsichtshalber auf ihren kleinen Popo und schaut uns forschend an. Dazu benötigen wir nicht einmal den Befehl und das Tierchen wird dann überschwänglich gelobt. Ist ja auch klasse und erleichtert das Miteinander.

Und wer ist hier Chef ... ist doch wohl klar, oder?

Sommer ist es geworden, zumindest laut Kalender. Die Temperaturen sprechen zwar dagegen, aber die Tage sind sehr lang.

Wie immer geht es in Richtung Bolzplatz in unserem Dorf und tatsächlich bolzen dort Kinder. Kinder sind was Feines und Nessy rennt quietschend dazwischen, das Spiel ist unterbrochen. Ein Knäuel von Kinderbeinen, Hundeschwänzchen und Ball robbt über den Rasen. Nessy wird von Adele unterstützt und schon nähert sich weitere Verstärkung dank Aaron. Adele und Aaron sind Berner Sennhunde und Geschwister. Allerdings muss der arme Kerl Aaron an der Leine gehen, also Fehlanzeige.

»Armer Aaron, hat dich dein Großvater wieder in der Mache? So ein Angsthase, du läufst doch nicht weg, du doch nicht! Aber gut, da kann man nichts machen, mach's gut!«

Irgendwann endet das spannendste Spiel und meine Mami erinnert mich zwar sehr nett, aber doch bestimmt an den Sinn und Zweck des Rundgangs.

»Schon okay Mami, habe verstanden.«

Auf geht es zum Lösen, Pischern und so weiter und so fort. Auf der Rücktour werde ich mal testen, was Mami macht, wenn ich weglaufe. So ein Quatsch aber auch, sie hat es gemerkt. Chance vorbei. Also muss Papi herhalten, bei passender Gelegenheit.

Heute ist Mittwoch, Mami hat Lehrgang und Papi geht mit mir. »Super!«

Heiß ist es und irgendwie ist mir alles zu viel. Ich bin müde und träge. Nach einer Stunde geht es heimwärts und durstig bin ich auch.

»Hach, Papi schaut weg und das ist die Gelegenheit.«

Wusch, nichts wie weg. Getreidefelder sind richtig spannend. Hier huschen Mäuse rum, da flattert ein Vogel hoch und rascheln kann Getreide, so schön ist das.

»Hat Papi gerufen? Glaube nicht.«

So laufe ich hin und her, mal dahin, mal dorthin. Gar schön ist das Spiel im Getreide.

»Ich werde mal lieber zurückgehen, sonst gibt es größeren Ärger. Höre ich da meinen Namen? Aber wo kam man her?«

Kein Weg zeigt sich, nur Halme, nichts als Halme. Und alle sehen gleich aus.

»Au weia, wo ist mein Papi? Wo ist der Weg? Jetzt habe ich den Weg gefunden, Gott sei Dank!«

Papi? Kein Papi zu sehen. Was nun, wer hat meinen Papi gesehen? Kein bekanntes Gesicht weit und breit, nicht einmal ein vertrautes Hundeschwänzchen. Also gehe ich wieder in das Feld und weine vor mich hin. Wo bin ich nur?

Papi eilt in der Zwischenzeit zu Mami, sie vom Lehrgang abholen, und ist völlig fertig mit der Welt und dem Tier. Also heißt es jetzt HUNDESUCHE. Mami zu Fuß und Papi im Auto. Wer den Hund findet, meldet sich. Papi hat das Privileg des Schimpfens eingefordert, denn ihm bin ich ja entwischt.

»Oh, ich habe wohl ein wenig geschlafen? Wie lange sitze ich jetzt schon hilflos im Feld, wo sind meine Menschlinge? Ich will nach Hause. – Doch halt, war das nicht Mamis Pfiff und ihre Stimme? Nichts wie raus hier. O ja, da ist meine liebe Mami, was bin ich froh!«

Nessys Herz schlägt ganz aufgeregt. Die Erleichterung ist deutlich spürbar und sie schmiegt sich an, schleckt die Mami immer und immer wieder ab. Mami sucht nun mit Hund den Papi – da wollte doch jemand fürchterlich schimpfen. Papi gefunden, Hund wird ausgeschimpft.

(Ich glaube allerdings unbeirrt, selten hat unser Hund so gelacht. Wenn ich Hund wäre, dann wollte ich vom Herrchen ausgeme-

ckert werden und ihm dabei ganz tief in die Augen schauen – Faszination pur!)

Das war also der erste Mittwochsausflug von Nessy und ein voller Lacherfolg, wenigstens für uns beide, also Nessy mit Frauchen.

»Böse ist Papi wohl nicht richtig. Aber Nascherei am Abend fällt aus – wegen Ungehorsamkeit. Sagt Mami. Die weiß doch gar nicht, welche Ängste ich ausgestanden habe. Dann würde sie mir einen Pudding kochen und mich nicht bestrafen. Hilft aber nicht viel, gut ihr Menschen, gewonnen.«

Ein aufregender Tag für alle neigt sich dem Ende zu und alle legen sich beruhigt in das Bett.

Endlich ist es heiß. Die Sonne strahlt aus allen Richtungen und ich bin nur morgens und abends lange draußen. Mittags geht es ganz kurz auf das Gässchen, ist viel zu heiß. Die Kinder haben Sommerferien und manche sind verreist, dafür andere den ganzen Tag auf dem Bolzplatz oder in »Pipilotta« – einem winzig kleinen Wäldchen mit Graben, eigentlich Wasserlauf. Nur im Sommer ist hier kein Wasser zu entdecken. Auch für uns Hunde des Dorfes ein willkommener Spielplatz. Da sind Adeles Zwillinge, also die kleinen Menschlinge und spielen Großfamilie und wir gehören dazu. Spaß macht es immer, aber heute ging das Spiel nicht so gut aus. Eines der Zwillingsmädchen, die Anja nämlich, zeigte mir ihre Haustiere, ein Zwergkaninchen und ein recht großes Meerschweinchen. Beide tummeln sich in einem niedrigen Freiluftkäfig und der steht auf dem Rasen. Oft schon lag ich schwanzwedelnd und bettelnden Blickes davor, immer total aufgeregt und nur schwer war ich da wegzubekommen. Anja nimmt mich also mit und hebt das Meerschweinchen aus dem Käfig. Was hab ich mich gefreut, sofort auf die Hinterpfoten – man will ja dicht am Geschehen sein – und Adele steht ebenfalls freudig erregt daneben. Anja spielt mit ihrem Meerschweinchen, immer die begehrenden Blicke von Adele und mir auf sich gerichtet und dann … – das Schweinchen fühlt sich bedrängt und beißt mit all seiner Kraft in Anjas Finger. Blut tropft, Schreck und Panik greift um sich und das Meerschweinchen erhält seine erste und vermutlich letzte Flugstunde. Kurz gesagt, Anja lässt es zu Boden fallen. Ich hingegen kann mein Glück kaum fassen – endlich mit Plüschtier spielen – schon schnappe ich danach und schüttle es kräftig durch, so wie meinen Lieblingssocken. Leider bekommt eine solche Behandlung keinem Meerschwein dieser Welt und als dann auch noch Adele so ein Spielchen spielen möchte, da ist das Leben des armen Meerschweinchens entgültig ausgelebt.

Natürlich sind die Tränen von Anja nur schwer zu trocknen, immerhin ist ihr Tier gerade von dieser Welt gegangen, aber wir verstehen das alles nicht.

So dicht kann Freud und Leid liegen. Nessy freut sich und schüttelt mal nett, allerdings mit nachhaltigem Erfolg. Geschüttelter verlässt die Welt. Für Anja war das eine höchst schmerzliche Lehrstunde. Sie musste lernen zu verstehen, dass keiner der Hunde das Tier umbringen oder gar fressen wollte. Nicht alle Spiele sind für alle Tiere gleichermaßen bekömmlich. Ein Hund wedelt mit dem Schwanz und signalisiert damit Freude, während eine Katze mit der gleichen Handlung droht. Ein Stück Fell, ein alter Socken sind für Hunde herrliche Spielzeuge, die können nach Herzenslust geschüttelt werden. Ist in dem Fell allerdings ein Tier, so hat das dramatische Folgen, wie hier erlebt. Nun weiß Anja, Tiere ansehen von außen dürfen Hunde, aber die Kaninchen, Meerschweinchen oder andere Kleintiere sollten solange auch im Käfig bleiben. Und was fragt Nessys Dackelblick?

»Mami, Mami, was ist denn jetzt passiert? Das Fellstück zuckt so komisch, Anja weint, warum? Habe ich was falsch gemacht?«

Nun gut, dann gehen wir eben. Adele kommt gleich ein wenig mit, ich glaube, sie versteht das auch alles nicht.

»Adele kannst du die Menschen verstehen? Ich nicht. Anja weint noch immer, Mami schimpft nicht mit uns, aber warum weint Anja dann überhaupt?«

Mami erzählt mir etwas von Meerschweinchen ist tot und so. Was ist das, tot? Muss ich mir darüber meinen süßen Kopf zerbrechen? Ich finde es viel spannender, den nächsten Baum zu beschnuppern und dann ist Schluss mit dem Kram von vorhin. Jetzt wird getobt, mal sehen, wer als Erster wieder auf der Wiese erscheint. Hach, Rocky ist es. Aber der hängt ja schon wieder an der Leine. Der arme Kerl!

»Ob ich dich befreien sollte? Leine durchbeißen oder so? Obwohl, dein Herrchen gefällt mir nicht so gut und meckert immer. Dann geh doch, ich komme morgen an deinen Zaun, versprochen!«

Jetzt kommt Dina mit ihrem Frauchen auf die Wiese. Nun wird es spaßig. Die Mami von Dina finde ich ganz toll. Die ist immer gut gelaunt und tobt mit uns umher, die habe ich auch richtig lieb. Jetzt rennen wir alle zusammen über das abgeerntete Feld und das ist echt Klasse. Den Menschen pieken die Stoppeln an den Füßen, sind eben sensible Wesen. Wir rennen unbeirrt weiter. Dabei haben wir nicht einmal Schuhe an, solche Lederlappen wie sie Menschen teuer bezahlen. Wozu der Quatsch, wenn es doch nur weh tut? Na ja, alles werden wir Hunde wohl nie verstehen. Jetzt heißt es Kopf kratzen, was machen die Menschen jetzt? Mami kommt zu mir gelaufen und nimmt mich auf den Arm. Dina wird an die Leine genommen, ein Landser von 70 kg geht nicht auf den Arm. Ein ganz großes komisches Fahrzeug kommt auf dem Feld lang, laut ist es und stinkt. Unsere Mamis schwatzen mit dem Knatterfahrzeuginhalt, also dem Mann der das Ding fährt.

»Den kenn ich doch! Das ist Bauer Friedrich, der ist ganz akzeptabel. Nur sein Hund ist immer bei ihm, der hat noch nicht mit mir gespielt. Ist ein problematischer Jagdhund.«

Was können Menschen viel reden! Wir sitzen geduldig und warten. Eben echte Hundeseelen!

Genug geschwatzt! Jetzt geht es weiter und wir spielen lustig mit dem Sonnenschein und Wind. In der Sonne finde ich meinen eigenen Schatten oder den von Dina und im Wind weht alles durcheinander. Eine lustige Welt ist das! Nach den Schatten springen macht Spaß. Egal wie schnell ich bin, ich verliere doch immer.

»Hey Dina, wollen wir unsere Frauchen mal ärgern? Komm wir laufen ganz weit vor und verstecken uns dann in Pipilotta!«

Klasse, nun suchen die Damen, einfach super. Aber warum schnuppern die nicht wie wir an der Erde? Da riechen die doch unsere Spur und finden uns schneller? Zu faul zum Bücken, denke ich wenigstens. Huch, nun haben sie uns auch so gefunden und wir wedeln fröhlich bellend umher.

Das mit dem Schnuppern an der Erde ist überhaupt so ein Ding, mal ehrlich, liebe Artkumpel. Da wollen die Menschlinge so klug sein! Alles, aber auch alles wissen sie besser – nur die Nase ist einfach nicht gebrauchsfähig. Manchmal frage ich mich allerdings, ob die wirklich so wenig Hundeverstand besitzen? Jeden Tag sitzt mein Frauchen mit der Zeitung vor der Nase und liest Seite für Seite, meist ohne mich zu beachten. Darf sie ja auch und Herrchen liest dann abends. Es ist immer noch dieselbe Zeitung, auch er darf das.

»Nein wirklich, da bin ich ganz geduldig. Aber so etwas von geduldig.«

Wenn ich aber dann jede Zeitungsseite einzeln und ganz ausführlich lese, dann verstehen die Menschlinge das nicht. Zeitung lesen, das ist für uns das Schnuppern an jedem Baum, jedem Strauch. Ganz besonders interessant sind die Meldungen am Laternenpfahl. Zugegeben, eine Sportseite gibt es nicht direkt. Auch das Fernsehprogramm ist für uns Hunde uninteressant. Aber alle Tagesaktualitäten, die sind wahnsinnig spannend und informativ. Da weiß ich dann, wer hier vorbeiging, mit wem und warum (zum Puscheln z.B.) und ob er gleich wieder zurück musste oder so. Auch welche der Hündinnen gerade läufig ist und ob der entsprechende verliebte Zausel schon zu Besuch war. Vor allem, wer der Zausel ist. Hm, das alles kann ich bei meiner Zeitungsschau am Straßen- und Feldrand lesen. Nur unsere Menschen, die haben dafür so gar keine Nase und kein richtiges Gespür.

»Hunde aller Straßen vereinigt euch! Wir lehren es unseren Menschen!«

Ob hier ein Hundestreik was bringen könnte? Aber wie funktioniert so ein Streik und wie organisiert man das? Wer vor allem? Lassen wir es lieber, die Menschen sind auch so dirigierbar. Wir brauchen halt nur unendlich viel Geduld mit unseren Zweibeinern!!!

»So, das musste mal verbreitet werden und nun geht der ganz normale Hundewahnsinn weiter.«

Schön finde ich jetzt immer die abendlichen Spaziergänge, weil es ja mittags viel zu heiß ist. Wenn wir dann am Feldrand stehen, ganz leise sind und diese komischen schwarzen Tiere um unsere Köpfe flattern. Zuerst hatte ich doch ein wenig Angst. Aber Mami hat mich auf den Arm genommen und mir alles erklärt. Da war es auch nur noch halb so gruselig. Wenn ich auch noch immer nicht weiß, was Fledermäuse sind. Mäuse kenne ich ja, die fresse ich, doch fliegen können die nicht. Und wenn sie mit Vornamen Fleder heißen, können die plötzlich fliegen? Schon komisch! Egal, genieße ich den lauen Abend, die fliegenden Mäuse und meine Kumpels auf vier Pfoten aus dem Dorf!

»Huch, was kommt denn da? Den hab ich ja noch nie gesehen hier, wer soll das sein?«

»He du da, wer bist du, wo wohnst du und wer ist dein naher Verwandter, also zugehöriger Mensch?«

Riechen tut er auch merkwürdig! Auch das noch! – Der ist seinem Herrn weggelaufen und meine Menschin, Dinas Mami und Papi entschließen sich zu Erste-Hilfe-Maßnahmen – sprich: wollen suchen helfen. Das kann ein langer Abend werden! Nun kommt mein Papi auch noch des Wegs – ist sozusagen vereinsamt zu Hause – und alle marschieren wir jetzt los. Der Fremdling an meinem ausgeliehenen Leinchen aus Welpentagen immer in der Mitte.

Muss ich euch erzählen, war pupslustig! Nachdem wir alle so stundenlang ziellos umherirrten, fanden wir noch einen, der so sinnlos durch die Gegend tapperte. Es war das Herrchen von besagtem Fremdling. So einen alten Papi hat der? Dem würde ich auch mit Vergnügen fortlaufen.

Also Hund übergeben, überschwänglich verabschiedet, aber nur die Menschen, wir zwei, Dina und ich, haben nicht einmal ein Leckerli erhalten, obwohl wir fast wunde Pfoten hatten und vor Durst nicht mehr unsere Vornamen kannten. Aber bei Mama Dina gab es schönes frisches Wasser. Unsere Menschen haben dann noch so gelbliches Wasser aus Flaschen getrunken und geredet, geredet, geredet und schon sollte es Richtung Heimat gehen. Am Gartentor verabschiedet trauten wir alle unseren Augen nicht … der Ausreißer stand am Zaun und empfing uns alle freudig erregt und schwanzwedelnd.

»Na ist das nicht irre?«

Also, alles noch mal von vorne? Nein, dieser Lumpi wurde in das Auto verfrachtet und zum Herrn transportiert, mit der Maßgabe, selbigen jetzt innen anzuleinen und nicht mehr in den Garten zu lassen.

Endlich zu Hause. Alle fallen wir ins Bett und Mami meint, es sei gleich Mitternacht.

»Was bitte ist Mitternacht? Egal, ich bin müde und wünsche euch allen eine gute Nacht!«

So etwas ist auch eine Form von Hundeleben, habe ich wenigstens geträumt. Ob der Lumpi von seinem alten Herrn auch so verhätschelt wird wie ich?

»Aber bitte liebe Leute, sagt das nicht meinem Frauchen. Am Ende glaubt sie noch, sie müsse daran etwas ändern.«

Kürzung der Hundeschokoladenrationen, der Streicheleinheiten oder so was. Wenn ich allerdings ganz ehrlich bin, dann muss ich sicher keine Angst vor solchen Maßnahmen haben, dafür sind meine Menschen einfach zu gut und lieb.

Jetzt heißt es aufstehen, die Sonne lacht schon aus allen Richtungen.

»Mami, wo bist du? Ach was, schon mit Zahnbürste und Läppchen bewaffnet? Soll wohl heißen meine Hundehygiene ist angesagt. Na okay, dem beuge ich mich doch gerne. Gibt hinterher ja Schokolade für mich. Aber ehrlich, Zähne putzen ist nicht die große Erfindung.«

Nun geht es wieder auf das Gässchen und heute zusammen mit Papi, toll. Aber es ist ja noch ganz dunkel? Da gehen wir doch sonst nie raus. Mami sagt etwas von vier Uhr dreißig – was immer das bedeutet, es hört sich arg früh an. Na egal, gehe ich mit Papi mit. Da ich ein braves Hundekind bin, habe ich alle Notwendigkeiten relativ fix erledigt. Ich spüre, hier geht etwas vor. Aber was?

Direkt kann ich es nicht deuten, aber irgendwie ist heute alles verändert. Aha, Papi holt das Stinkemobil. Nun aber schnell ins Auto, nicht dass mich meine Menschlinge vergessen. Wo geht es nur hin? Egal, ich rolle mich zusammen und schlafe noch eine Runde.

Ups, wir stehen ja. Wo sind wir? Mami und Papi sind schon vor dem Auto und reden mit Leuten. Irgendwie kommen mir die Stimmen bekannt vor. Wer soll das aber sein? Nun werde ich angeleint und ebenfalls in die Freiheit geholt. »Hey, das ist ja Welle Wahnsinn, lauter Dackel, genau wie ich. Die müssen immer im Kreis laufen und dann werden sie auf einem Tisch begutachtet. Ins Maul, in die Ohren geschaut, vermessen, gewogen usw. – nicht einmal vor dem Popo machen die komischen Leute halt. Aha, Dackelschau nennt man das im Volksmund.«

Mami wird jetzt gefragt, ob ich auch da hin soll, aber sie ist einfach nur lieb, ich muss da nicht hin. Ein anderer Dackel steht neben mir und muss auch nicht hin. Vera heißt die Dackelin und jetzt stellen sich die Menschen von vorhin auch bei mir vor. Ihr wisst schon, die mit der bekannten Stimme. Nein, nein, das sind keine Popstars, das sind meine Züchter. Was auch immer das heißen soll. Und die Vera ist meine Schwester, so so. Mann, ist die dick, Mann! Die Züchter maulen auch gleich mit Veras Eltern rum. Uns belehren sie nicht, muss wohl an meinem Idealbody liegen. Hm, bin eben ein echtes Model. Lustig ist das schon mit so vielen Dackeln und Kontakt finden wir gleich. Wir sind eben alle echte Hundeseelen.

Jetzt tauschen wir unsere Erfahrungen aus und können so richtig herzhaft über unsere Menschlinge hetzen und lästern. Die verstehen das ja nicht, ha, ha. So ein richtig lebhafter Hundetratsch war das, aber jetzt fahren alle wieder in ihre Heimat und wir auch. Schade.

Kaum zu Hause geht es in Richtung Eisdiele und ehrlich, ich laufe meilenweit für ein Vanilleeis. Aber damit ist der Tag noch nicht zu Ende. Abends geht es in den Garten zum Grillen. Klasse, dann gibt es für mich Würstchen und kein langweiliges Hundefutter. Kay und Heinz, die Jungs aus unserem Haus, haben den Grill schon auf Betriebstemperatur und es riecht verdammt gut hier. Auweia, jetzt brennt es in diesem Maschinchen – Kay schüttet das gelbe Wasser aus der Flasche darüber und – logisch, die Hälfte daneben. Klasse, jetzt kann ich endlich auch einmal das Gesöff kosten, welches mein Papi so toll findet.

»Schlürf, iiiihhhh ist das bitter. Und so was schmeckt? Mir ganz sicher nicht, da werde ich mich erst mal heftigst schütteln. Bah, das Thema ist für mich erledigt!«

Die Würstchen und das Fleisch, das trifft schon eher meinen Geschmack und so bleibe ich dabei, maximal Wasser zum Nachspülen, also supergesunde Lebensweise.

Das Wetter ist richtig toll, spät abends noch ganz warm und so können wir bis in die Nacht hinein sitzen und über Gott und die Welt reden. Eigentlich mehr meine Menschen, ich lausche nur andächtig.

Habt ihr Dackel dieser Welt schon einmal intensiv den Menschen gelauscht, wenn so hoch wichtige Themen bequatscht wurden? Ich kann euch sagen … im Augenblick wird über Bundesliga, Bayern München, Kaiserslautern, Hertha und so debattiert – ob das was Lebenswichtiges ist? Auf jeden Fall hört es sich so an, so wichtig wie essen und trinken. Und streiten können die darüber! Richtig putzig, meine Menschen!

Scheint schon sehr spät zu sein, denn plötzlich und unerwartet ist Bundesliga unwichtig und alles verzieht sich Richtung heimatliche Schlafstätten. War scheinbar doch nichts Essbares, diese Bundesliga.

Guten Morgen allerseits, ich bin wach. Erst Mami, dann Papi abschlecken, dann morgendliche Toilette, also Zähne putzen, Augen auswischen und so. Danach ab auf die Wiese. Mami sagt, es sei heute wieder viel zu heiß und ich werde mittags also nicht auf die Gasse gezerrt. Recht hat sie, lieber gehe ich abends eine große Runde. All die anderen Dorfhunde gehen sicher ebenfalls spät auf Pischertour. Dann ist vielleicht wieder der Bauer unterwegs und wir treffen Dina mit Angehörigen, irgendetwas wird sich schon tun.

Buh, es ist wirklich unerträglich heiß. Da ziehe ich mich auf die Fliesen im Flur zurück, die kühlen den Bauch so schön. Mami macht trotz Hitze Terror. Da wird die Waschmaschine betätigt, Wäsche auf Strippen gelegt, Essen vorbereitet (dagegen ist wirklich nichts einzuwenden) und mit einem Läppchen über die Möbel gewischt. Da muss ich hin, den Lappen will ich haben. Also immer hoch springen, um das Läppchen zu erwischen. Oho, Mami hat das Spiel durchschaut – spielt aber prima mit. Richtig lustig ist das, jetzt habe ich das Läppchen und sause mit meiner Beute erst einmal los, verstecken. Dann ordentlich durchschütteln und abwarten, was das Läppchen tut. Hm. Es bewegt sich einfach nicht. Dafür bewegt sich Mami in Richtung Lappen. Also wegschnappen und wieder los, quer durch die Wohnung. Ein feines Spiel ist das!

Papi kommt und jetzt heißt es begrüßen, schmusen, quietschen vor Freude und auf den Rücken werfen. Nach dem Essen reden die Menschlinge wie immer viel, aber jetzt gehen wir alle auf die Wiese. Mami, Papi und ich – oder umgekehrt. Oje, da sind so viele Leute und Holzstapel, ein ganz großer Stoffballen und ein herrliches Durcheinander. Ich stürze mich stehenden Fußes in das Getümmel, zu den ganzen Kindern und den anderen Hunden. Das ist einfach irre, keiner passt auf uns auf und so keilen wir nach Herzenslust. Die Menschen trinken schon wieder das bittere Zeug aus Flaschen und nennen das Verkostung. Ausreden finden die doch immer!

Wir gehen jetzt eine feine Runde durch den Wald, zur Quelle und sind dann erneut an der Wiese. Huch, die Stoffreste stehen jetzt als Zelt da, das Holz liegt da drinnen wie Parkett und ein ganz langer Tisch mit so einem putzigen Wasserhahn hat auch schon Platz gefunden. Scheint was los zu sein hier in den nächsten Tagen. Eine bunte Bühne ist auch im Entstehen und schon wieder müssen Mami und Papi verkosten. Und dann hat der Papi morgen früh wieder »*Rättätä ... rättätä, morgen hat er Schädelweh ... rättätä ... rättätä Schädelweh ist sche...*« und so weiter und so fort. Das mit dem *Schädelweh* ist ein Lied, das immer zum Karneval, oder am Silvestertag im Radio, im NDR 1 gespielt wird.

Nun gut, mir kann es nur recht sein, denn Dina ist mit ihren Menschlingen auch aufgetaucht.

Aber eines muss ich euch allen mal sagen: Menschen können ziemlich viel Lärm machen und mit jeder Flasche gelbes Wasser wird es lauter. Könnt ihr glauben, gebt mal Acht!

Mitternacht scheint als Zeit optimal zu sein, dann trollen sich alle in ihre Betten – wir auch. Ich bin schon sehr, sehr müde.

Gleich früh dränge ich Mami sehr, ich will zur Wiese, schauen ob das bunte Zelt noch da steht und so viel los ist. Da verzichte ich sogar auf die allmorgendlichen Schokoleckerli. »Dafür habe ich heute nun wirklich keine Antenne Mami.«

Husch ab und runter. O ja alles noch da? Und was soll ich euch sagen? Alles noch da und Menschen ebenfalls.

»Da wird meine Hunderunde aber nur zweckgebunden ausfallen, liebe Mami. Ich darf doch nichts verpassen, denn du sagst mir ja nicht, was hier los ist oder sein wird oder überhaupt.«

Da kommt unser Hausbewohner, der gefällt mir nur gelegentlich und endlich kann ich per Lauschangriff alles aufschnappen, was wichtig ist. Also: Der Sportverein wird 90, aha. Was ist … 90 werden? Egal.

Heute Abend ist Kommerz – was ist das nun wieder – und danach wird kräftig gezecht. Will wohl heißen gefeiert und getrunken bis zum Erblassen! Ob das spaßig wird? Na typisch, Mami und Papi wollen nicht dabei sein und das bedeutet ganz definitiv, ich bin auch nicht da. »Sch…, sagt man zwar nicht, aber so erfahre ich nie in meinem Leben, was Kommerz ist und damit ist das erste Wort treffend benutzt. Angeblich haben meine Menschen einen wichtigen Termin. Glaube es, wer es wolle.

Hach, Mami und Papi haben wirklich einen Termin und nehmen mich mit. Scheint aber geschäftlich und wichtig zu sein, denn ich bleibe im Auto. So kuschel ich mich ein und träume vom Kommerz.

Termin erledigt, beide sehen nicht unglücklich aus und so fahren wir heim und es geht doch noch zum Kommerz. Hier ist aber schon zechen angesagt und viele hüpfen wie Flöhe in der Zeltmitte umher nach schrecklich lauter Musik. Oh nein, jetzt glauben alle ein Star sein zu müssen! Das bedeutet im Klartext sie singen. Aber wenigstens alle das gleiche Lied – ist ja schon mal was, aber für meine zarten Öhrchen ist das hier viel zu laut. Ich gehe mit Mami eine schöne Abendrunde, treffe Dina, Spaky und Adele und erledige alle wichtigen Hundedinge. Nun bringt mich Mami heim in mein Körbchen und redet lange mit mir. Sie geht noch einmal in das Radauzelt, ich bleibe allein: Nessy allein zu Haus – sozusagen. Da ich aber erstens: sehr lieb, zweitens: schon groß, drittens: nicht ängstlich und viertens: einfach gönnerhaft bin, entlasse ich meine Mami in die Freiheit. Dass ich schlicht und ergreifend nur hundemüde bin, muss ich ihr ja nicht sagen, nicht wirklich. Also dann: »Gute Nacht Freunde …«

Heute ist Samstag und da geht der Spaß mit dem Zelt erst richtig los! Mami und Papi haben sich identisch angezogen und wir wandern alle zum Zelt, es ist jetzt schon mittags, den Vormittag will ich gar nicht weiter erwähnen, ich bin viel zu aufgeregt. Im Zelt haben noch viel mehr Menschen den gleichen Anzug wie Mami und Papi an. Haben die denn keine eigenen Ideen? Aha, das soll so sein.

Soll das auch so sein, dass alle wieder an den Flaschen hängen? Können die denn nicht anständig saufen? Aus einem Napf, wie ich zum Beispiel! Mami bringt mich jetzt zu Dina und ihren Menschen. Die Mami ist auch sehr nett angezogen mit einem sehr schönen Schirm bewaffnet, obwohl – es regnet doch nicht, ist sonnig und heiß. Wer weiß was Menschen so tun und nicht lassen können.

»Dina, wir werden die menschliche Logik wohl nie richtig kapieren.«

Mit Dina, ihrer Omi und ihrem Papi verleben wir schöne Stunden und dürfen richtig viel naschen. Klasse!!! Was ist denn jetzt wieder los? Die Musik kommt immer näher, klingt sehr schön. Wir gehen alle aus dem Garten raus und stellen uns auf den Weg. Da kommen all die Menschen aus dem Zelt vorbei in Reih und Glied. Viele haben immer die gleichen Sachen an, bunte Röcke mit Sonnenblumen und Gemüse drauf (Siedlerbund), schwarze Röcke und rote Schirme aufgespannt (DRK) – hei, da ist Dinas Mami bei. Grüne Uniformen mit glitzernden Knöpfen (Schützenverein) und so in der Art. Ei, da sind auch Mami und Papi, die Zwillinge mit ihrer Mami, der Hausbewohner – natürlich hat der wieder eine große Klappe, wie immer – und immer ist zwischen den Gruppen ein Musikzug. In einem sehe ich die Mami von Aaron, die macht also die Musik im Haus und nicht der Papa. Muss man ja als mitteldeutscher Dackel wissen, oder? Nun sind alle vorbei und es wird ewig dauern, bis die wieder bei uns am Zelt sind. Dina wohnt nämlich direkt am Festzelt, so heißt die Stoffbehausung offiziell. Auf jeden Fall entgeht uns so gar nichts!!! Jetzt sind alle wieder da, der geordnete Umzug löst sich in Gruppen und Grüppchen auf und es gibt für alle Freibier. Viele stürzen sich wie besessen auf das Kuchenbuffett – meistens die Dicken, die drängeln auch ganz heftig und ungeniert – aber im Allgemeinen ist die Stimmung recht lustig bis sehr angenehm. Meine und Dinas Mami holen uns, also Dina, mich, den Papi von Dina samt deren Omi ab und wir setzen uns auch in das bunte Zelt. Papi hat Plätze frei gehalten.

Wo die Liebe hinfällt

»Jetzt weiß ich, was schweineheiß bedeutet, hier drinnen ist das eingefangen.«

Unsere Menschen verstehen uns sehr gut und so bleiben wir

nicht länger, als für Kaffee und Kuchen nötig ist. Wir sind wieder bei Dina im Garten. Da versäumen wir nichts und können uns bei Bedarf in die Ruhezonen zurückziehen. Dina ist schließlich bereits ein älteres Semester (8 oder 9 Jahre) und da ist entsprechende Rücksicht angesagt.

Mami und Papi kommen mich holen, wir essen zu Hause. So richtig ordentlich und fein, nicht Pommes oder solche Unsitten. Unser Hausbewohner, ihr wisst ja, den ich nicht so richtig mag, der kommt den gleichen Weg mit und kaut uns ein Ohr ab (also redet und redet und redet, ohne wirklich was zu sagen). Der Junge hat wohl seine Tankladung bereits erreicht. Jetzt holt er seine dicke Frau ab, die wollen im Zelt was essen – vermutlich Diät. Wir, das heißt Mami und ich, Papi muss im Zelt nachsehen, ob das Bier noch genießbar ist (und morgen dann rättätä oder so), gehen nach dem Essen eine wunderschöne Hunderunde. Wieder zum Wald hoch an die Quelle und dann ganz langsam in Richtung Zelt. Da wartet meine Freundin (Dinas Mami) und nimmt mich zu Dina rein. So können die Damen des Hauses ebenfalls zum Ringelpietz mit Anfassen in das laute Zelt. Nun gut, wir Tiere gönnen es ihnen.

Ich weiß nicht, wie spät es ist, aber Dinas Papi sagte was von nach Mitternacht. Was immer das heißen soll, wir gehen jetzt nach Hause, denn alle sind rechtschaffend müde.

»Also dann schlaft gut.«

Sonntag ist es, beide Menschen sind frisch und munter, die Sonne lacht und wir frühstücken ganz gemütlich. Genauer gesagt, ich bleibe noch in meinem Bett, träume noch vor mich hin und erwarte dann Mamis Angriff mit Zahnbürste, Seifläppchen und Bürste. Wenn damit der Tag richtig eingeläutet ist, bekomme ich mein Halsband um und danach gibt es Hundeschokolade. Die allmorgendliche große Runde folgt und das gefällt mir sehr. Im Sonnenschein toben, bevor die große lähmende Hitze kommt, das ist ein optimaler Hundesonntag.

Zwei Stunden sind wir durch duftende Felder, den kühlen Wald und über saftig (noch) grüne Wiesen gelaufen. Jetzt sind wir alle im Zelt und heute spielt eine richtig feine dezente Musik. Zwar können sich die Menschen das Mitsingen wieder nicht verkneifen, aber heute ist das nicht so ein undefinierbares Gegröle. Ein dicker lustiger Mann liest immer mal etwas vor – dabei können z.B. Mami und Papi selber lesen. Doch alle hören zu und sind ganz leise – phasenweise. Dann murmeln alle in ihre vorhandenen und nicht vorhandenen Bärte und als Letztes sagen alle stets »Amen«. Ach so, das ist der Zeltgottesdienst. Ach ja, deshalb kam mir der dicke Mann, der vorliest, so bekannt vor. Das ist doch unser Dorfpfarrer. Alle nennen ihn nur Don Camillo, vor allem wenn er mit seiner Knatterbüchse (Moped) angedüst kommt. Immer eine qualmende Pfeife im Mund. Und der macht hier Zeltgottesdienst. Na gut, wenn alle das so wollen. Mir als Hund gefällt es recht gut, so harmonisch und diese relative Ruhe.

Der Gottesdienst ist nach einigen Liedern und solchen Gebeten vorbei und viele stehen jetzt vor dem Zelt.

»Was habt ihr Menschen eigentlich immer so wahnsinnig viel zu erzählen? Meine Güte, ihr habt doch erst gestern gequasselt bis zum Abwinken und jetzt gibt es bereits wieder Neuigkeiten? Euch gehen die Themen wohl nie aus, was?«

Im Zelt riecht es jetzt verdammt gut. Es gibt für alle Kassler, Rotkraut und Kartoffeln und dazu das scheinbar unvermeidliche Freibier.

Na super, ich bekomme auch ein wenig ab. So geht jedes Fest einmal zu Ende und am frühen Abend ist dann alles vorbei. Die fremden Männer machen das Zelt kaputt, werfen alles auf einen riesigen LKW und transportieren jedes Stück Fest weg. Schluss, aus und vorbei. Die Menschen können ihr Kopfweh behandeln – ihr wisst ja … rättätä – oder einfach den restlichen Sonntag im Familienkreis genießen.

Die neue Woche bringt Hitze im Übermaß, so dass meine Mami nur früh ganz kurz mit mir eine Runde dreht. Neuerdings laufen wir immer zum Lädchen im Dorf. Anschließend durch so eine Art halbrunde Straße, nein, eher breiten Weg und zurück. In der Straße, so haben wir festgestellt, wohnt ein Rassekumpel von mir. Ein Langhaardackel namens *Lumpi*. Der ist vielleicht süß! Zappelt wie verrückt und quietscht ganz zauberhaft. Und er sieht wirklich Klasse aus, muss ich zugeben. Wir einigen uns darauf, dass wir von nun an öfter mal vorbeikommen.

Den Rest des Tages verbringe ich in dackelhafter Ruhe, es ist einfach nur heiß. Aber abends erwache ich zu neuem Leben, da wird dann alles nachgeholt.

So geht es den ganzen August durch. Die Kinder haben wieder Schule, doch ziemlich oft hitzefrei. Dann können wir wieder in »Pippilotta« spielen oder auf der Wiese umherstromern.

Die Tage werden allmählich kürzer, aber temperaturmäßig wesentlich erträglicher. Oft sitzen wir im Garten, grillen, spielen Federball (zumindest meine Menschen) und genießen das schöne Wetter. Die Natur verändert beinahe unauffällig ihr Aussehen, die Blätter werden bunter, Astern blühen in voller Pracht und in dem Dorfladen gibt es die ersten Pfefferkuchen. Verrückt was, dabei ist es erst Anfang September und Weihnachten bekanntlich Ende Dezember. Mami widersteht den Reizen der Süßigkeiten, sehr zu meinem Leidwesen. Aber wieder einmal hat Mami behauptet, ich werde zu dick.

Am 30. September, da sind alle diätetischen Maßnahmen außer Kraft gesetzt, ich habe nämlich Geburtstag. Ich werde ein Jahr alt.

»Schon am frühen Morgen singen meine Menschen mir ein Lied ins Ohr. Heppibörsde oder so ähnlich. Eijeijei, da liegen aber feine Sachen für mich. Und ein toller großer Knochen. Schnapp, tschüss ihr lieben Menschen, den will ich jetzt richtig genießen.«

Ach so ein Geburtstag ist doch was ganz Feines! Keine Maßregeln, keine reduzierte Kost und überhaupt, einfach ein wundervoller Tag.

1998, Oktober ist jetzt schon und die Welt ist so schön bunt. Die ersten Blätter fallen und dieses Rascheln finde ich wirklich verlockend. Obwohl ich nun schon ein Jahr alt bin, kann ich mitunter weder diese Welt noch meine Hundeeltern verstehen. Warum muss das Leben so kompliziert gemacht werden? Was ist das für eine Geheimnistuerei?

Ich weiß nicht, was hier in meinem Zuhause geschieht. Da stehen 2 Behälter im Ankleidezimmer auf der Erde und Mami und Papi holen erst etwas aus den umliegenden Schränken und Schubladen heraus und legen dann immer wieder Sachen in diese Kisten hinein. Später erfahre ich, dass das Koffer genannt wird und sich für Reisen bestens eignet. Da werde ich auf Nummer sicher gehen und setze mich lieber in den einen Koffer hinein. Nicht dass ich in diesem ganzen Trubel übersehen oder gar vergessen werde! Als Mami in das Zimmer kommt, mich im Koffer sieht, stutzt sie zuerst, holt dann Papi und beide lachen ganz herzlich.

»Mami, lachst du mich an oder aus? Und du, Papi? Erklärt mir besser einmal, was das alles bedeuten soll!«, scheint mein Blick zu sagen, denn jetzt folgen Erklärungsversuche. Ach so, verreisen nennt ihr das. Was ist verreisen? Habe ich das schon mitgemacht? Ihr macht mich ganz nervös und seid es scheinbar auch. Ich glaube ich kann überhaupt nicht schlafen. Kann ich mit verreisen, muss ich etwa allein zu Hause bleiben, oder gibt man mich weg? Irgendwie beschleicht mich doch ein Gefühl der Angst. Habt ihr mich nicht mehr lieb oder was geht hier vor? Vor lauter Ungewissheit muss ich einmal mehr auf das Gässchen, abends.

Ins Bett geht es ganz normal, die Koffer sind zu und Mami erklärt mir, was Koffer ganz genau sind. »Nun gut, mir auch egal«, schnaufe ich still in mich hinein und schlafe bald ein.

Der Wecker schellt sehr früh, es ist noch stockfinster. Gefrühstückt und schön gemacht wird ohne sonderliche Hektik und das macht mich total verrückt. So lege ich mich immer in Sichtweite, eigentlich mehr in den Weg. Der idealste Platz ist direkt an der Treppe, denn hier kann mich nun wirklich niemand übersehen. Mami will mit mir auf die Wiese gehen, so richtig habe ich dafür aber weder Ruhe noch Verständnis und versuche mich in Windeseile zu lösen, aber wenigstens zu puschen. Danach sause ich zurück – Papi ist nicht da! Ach doch, er sitzt im Auto und Mami nimmt mich in den Arm, setzt mich in das Auto und damit ist meine Welt wieder okay. Ich muss nicht weg von Mami und Papi! Diese Koffer hat Papi in der Zwischenzeit im Auto deponiert und außerdem steht hinter Mamis Sitz ein Korb, der ganz sicher für mich gedacht ist. Ich erkenne meine Näpfchen, Kauknochen und diverse Leckerli. Um den Körper habe ich diesmal kein Halsband, sondern so ein komisches Geschirr, Sicherheitsgurt heißt das. So so. Egal, wichtig ist nur, dass ich mit dabei bin. Obwohl, ich weiß immer noch nicht, was verreisen ist. Ehrlich, nach all der Aufregung bin ich wahnsinnig müde. Deshalb werde ich mich jetzt zusammenrollen und einfach schlafen, wohl behütet von Mami und Papi.

Mami hat mich ganz liebevoll in die Decke gewickelt, sie hat meinen ganzen Kummer wohl sehr gut verstanden. Aber jetzt ist ja alles gut!

»Ach was hab ich gut geschlafen. Und was ist jetzt geboten?«

Aha, aussteigen und bewegen. Papi sagt, wir machen Rast, heißt wir gehen alle ein Stück spazieren. Mami und ich rennen in einen nahe gelegenen Wald und toben uns so richtig aus. Andere Hunde spielen auch hier und so ist eine Rast eine wirklich schöne Sache. Dennoch ist es eine unbekannte Gegend, das merke ich bereits am Geruch. Hier waren schon ganz neue, andere Hundemädchen und Rüden. Riecht hoch interessant. Meine Eltern waren mit mir in einem Restaurant und haben Kaffee, Wasser und ähnliche Dinge getrunken, sogar etwas gegessen und ich bekam ein leckeres Würstchen. Jetzt weiß ich also auch, was ein Restaurant ist und dass ich da nicht einfach unangeleint umherlaufen darf. Eigentlich eine langweilige Angelegenheit für mich. Nach cirka zwei Stunden fahren wir weiter. Also kann ich wieder kuscheln und die Welt des Autos genießen. Lustig ist das schon, das Verreisen im Auto. Da kommt Mamis Hand ganz vorsichtig zu mir auf die Rückbank zu und dann wird mein Gesicht oder Bauch gekrault. Manchmal irren sich die Menschen und landen direkt am Popo. Im Auto gibt es schöne Musik und das sanfte Schaukeln gefällt mir sehr. Meine Äuglein fallen beinahe von alleine zu.

Aber was ist das jetzt? Jetzt redet eine menschliche Stimme aus dem Radio und meine Eltern lauschen ganz angespannt. Papi ist danach irgendwie von Hektik, Panik oder so etwas erfasst. Na, auf jeden Fall ist er unruhig. Mami lacht sich fast kaputt und erklärt hoch wichtige Dinge. Aha, eine Grippeepidemie hat Deutschland erfasst und schon Todesopfer gefordert. Alle Menschen sollen sich impfen lassen, so die Nachrichten im Radio. Und da Papi noch nicht geimpft wurde, sich auch noch nie hat impfen lassen, ist er wie traumatisiert.

Meine Mami beruhigt ihn, versucht es wenigstens und verspricht, in Linz den ersten Doktor mit ihm aufzusuchen. Ich glaube, der Papi sieht im Moment hinter jedem Busch diese

Epidemie, die nur auf ihn allein wartet und erfassen will. Ja, ja, typisch Mann und das sieht Mami auch so. Seit dieser Zeit ist es mit der trauten Ruhe im Auto vorbei. Jeder Sender wird auf neue Nachrichten durchforstet und kaum noch Musik gehört. Eine gewisse Gelassenheit strahlt Mami zwar aus, aber Papi wehrt sich vehement dagegen.

Nach unglaublich langer Zeit sind wir endlich angekommen, steigen aus dem Auto und bewegen uns erst einmal ein wenig an der kalten, frischen Luft. Das also ist Linz.

»O Mami, ist hier viel Wasser und so ein komisches Riesenbrett. Da stehen ja Autos und Menschen drauf.«

Aha, das ist eine Fähre und das Wasser ist der Rhein, erklärt mir Mami und Papi betont, dass ich hier nicht baden darf. Das Hotel ist ja süß. Klein und fein und mein Körbchen haben die beiden auch schon platziert, prima. Nichts wie rein und beobachten was jetzt geschieht! So, so, wir scheinen hier länger zu bleiben, denn die Koffer werden ausgepackt und jetzt geht es spazieren. Na das finde ich richtig toll, da kann ich in Hundemanier Zeitung lesen, will heißen, an jedem Stock und Stöckchen ewig schnuppern und die menschliche Geduld herausfordern. Mir gelingt das prächtig. Sicher weiß ich, dass Papi jetzt eine Epidemieimpfstelle sucht, aber ich bestehe auf meinem Ausgehrecht. Dabei schaut Papi auf jedes Schild an den Häusern, könnte ja ein Arztschild sein. Und richtig, endlich ist er fündig geworden. Mit leichtem Schritt geht er in das Haus – endlich das ersehnte Ziel vor Augen – die Impfung. Nach einer Ewigkeit kommt er wieder und sein Gesicht ist nicht so froh wie erwartet. Es geht jetzt um den Impfstoff, der scheinbar knapp ist. Dabei hatte das im Radio ganz sicher nur für Papi gegolten – glaubt er. Leider wollen das zig andere Millionen auch und der spannende Wettlauf mit dem Impfstoff und der Spritze beginnt. Wir lernen somit alle Apotheken und deren Mitarbeiter in Linz und Umgebung kennen – hach und wir werden wieder fündig. Die Ampulle »Grippewunder« ist erfolgreich eingefangen und nun wird die Arztpraxis erneut heimgesucht, die Papi dann damit pieksen soll. Mami könnte das doch auch und würde das ganz sicher mit Begeisterung übernehmen. Aber nein, Papi hat 1000 Erklärungen, die dagegensprechen. Dabei hat er nur blanke Angst. Aber ein Mann ist nicht Manns genug, das zuzugeben. Soviel zum Thema Männer.

Der Nachmittag ist somit abgehakt, aber wir kennen wenigstens alle medizinischen Einrichtungen und deren malerische Lage entlang des Rheins. Ist doch auch etwas wert. Reisen bildet!

Das Abendessen im Hotel war einfach spitze. Die Leute sind sehr lieb zu mir und so fällt immer etwas für mich ab, toll. Jetzt wird noch die Flimmerkiste in Gang gesetzt, Mami und Papi trinken ganz elegant Wein vom Rhein – und warten auf eine Welle, die Grippewelle. Wenigstens Papi, denn der ist jetzt in der Lage, dieser Grippe eine lange Nase zu zeigen. Die ganze Hektik ist seit der Spritze wie weggeblasen und Mami macht sich ein wenig lustig über Papi. Kann ich durchaus verstehen, mache ich denn solche Wellen? Wir schauen noch ein Weilchen auf die bunten Lichter der Schiffe und schlafen dann sicher sehr lange.

»Aufgewacht, der Morgen ist da. Ich will zu den Apotheken und in die Gässchen.«

Frühstück ist angesagt. Danach sind wir den ganzen Tag unterwegs, kommen erst im Dunkeln wieder im Hotel an und genießen das Abendessen. Fünf Tage bleiben wir hier und einen netten Hundefreund habe ich auch gefunden. In der Innenstadt von Linz wohnt ein niedlicher brauner Spitz. Der ist so richtig schokoladenbraun. Warum der aber *Hercules* gerufen wird, das werde ich nicht verstehen. Hercules bedeutet doch groß und kriegerisch. Und der hier ist klein und ganz lieb.

Am schönsten ist der Tag, als wir bei einem Weinbauern, einem Winzer, zu Besuch sind.

Das Wetter ist ausgesprochen warm und sonnig und im Winzerkeller ist es angenehm kühl.

Der Winzer, sein Bruder und der Sohn erklären alles zum Thema Wein. Dann gibt es eine Weinverkostung, natürlich nur für Mami und Papi. Aber ich erhalte einen Zipfel Wurst und ein paar Scheiben Käse. Meine Menschlinge machen eine große Bestellung für zu Hause und dann geht es wieder ins Hotel.

Immer wenn wir vom Hotel wegfahren, fahren wir mit einer Autofähre über den Rhein. Das macht richtig Spaß. Zurück geht es fast immer ohne diese Überfahrt. Schade!

»Also ehrlich, verreisen gefällt mir hervorragend.«

Jeden Tag erleben wir neue Dinge, sehen viele Sachen und genießen die Zeit. So vergehen die schönen Urlaubstage und wir fahren wieder heim. Wenn ich die Worte richtig verstanden habe, dann fahren wir Silvester wieder hierher. Was war Silvester, das habe ich doch schon mal gehört und wann ist das? Kann ich ja während der Rückfahrt mal drüber nachdenken.

Ob ich alle Hunde wiederfinde in meiner Hundewelt? Eigentlich freue ich mich doch wieder auf Aaron, Dina und all die anderen Vierbeiner.

Hunde, ich komme wieder und dann geht's lustig in die Felder.

Ja, ja, kaum zu Hause, schon geht der Stress von vorne los. Erst einmal die vertraute Gegend nach Fremdgerüchen abschnuppern, nicht dass hier Unbekanntes eingekehrt ist. Mami und Papi haben scheinbar viel zu tun und manchmal kommen komische Leute zu uns. Die reden dann mit Mami und manchmal erscheinen sie erneut auf der Matte. Aber nett sind alle. Neulich war eine Frau hier, die hat vielleicht komisch gerochen. Beinahe wie Bonbon mit Seife. Ihr Mann war viel besser, denn der konnte verständlich reden. Die Frau habe ich nicht verstanden und Mami auch nicht. Na gut. Mami meint, das muss so sein, denn von irgendetwas muss das Hundefutter ja bezahlt werden. Typisch, jetzt werde ich verantwortlich gemacht. Dabei will ich diese Leute gar nicht hier haben, die stören mich nur.

Papi ist da besser dran, der kommt erst abends heim und dann ist meist alles vorbei. Allerdings scheint ihm das tägliche Wegsein nicht zu gefallen, er ist oft mies drauf. Das merke ich ganz genau.

Außerdem geht es auf Weihnachten zu – das war wohl die Sache mit dem schönen Baum im Zimmer – und danach fahren wir ja wieder fort. Ihr wisst schon, Linz am Rhein.

Weihnachten fängt ziemlich früh an. Mami trägt lauter Kartons in den Flur und was ist da wohl drin? Na klar, Weihnachtszeug. So werden Nussknacker in unbekannter Zahl sorgfältig im Flur und der Größe nach aufgestellt. Ich komme natürlich nicht ran, also nichts mit beschnuppern. Aber meine Mami gibt mir doch einen solchen Holzmann zum Riechen. Der duftet vielleicht klasse, nach Kaninchenfell, super. Danach erscheinen Räuchermännchen, Decken und Deckchen, bunte Kugeln an einem Band, Schleifen und was so alles in Kartons Platz hatte. Abends ist alles fertig, auch die Pyramiden sind aufgestellt und Mami macht den Probelauf. Das heißt also, jetzt kommen Räucherkerzen zum Einsatz und ich finde, das riecht ziemlich gut. Nur Süßigkeiten sehe ich keine, gibt es die noch nicht? Dabei weiß ich ganz genau wo die versteckt sind. Na gut, ich gebe mich geschlagen. Ich hasse diese Konsequenz, so!

So jetzt kommt die alte Frau von nebenan und bewundert alles bzw. bringt den ersten Weihnachtsstollen mit. Prima, so bekomme ich doch noch etwas für mein Süßmäulchen. Die findet nämlich keinen direkten Zugang zur Konsequenz, wenigstens mir gegenüber nicht. Gut ist das.

Zum Gassigehen ist das Wetter aber total indiskutabel, es regnet aus allen Wolken und ich mag nicht nass werden. Trotzdem müssen wir raus und treffen all die anderen vierbeinigen Leidensgenossen. Wir beschließen, wenigstens ein klein wenig zu toben, dann unsere Geschäfte zu erledigen und dann ganz fix wieder in die geheizte Wohnung. Ich beschließe, mit meinem zahlreichen Spielzeug zu spielen und meine Mami aufzufordern, Gleiches zu tun. Irgendwann übermannt mich die Müdigkeit und ich ziehe mich in mein Körbchen zurück.

So vergehen die trüben Tage und ich freue mich immer auf den Sonntag, Advent nennen Mami und Papi das. Warum? Auf jeden Fall ist das immer so richtig gemütlich, es riecht dann nach Räucherkerzen, spielt wunderschöne Musik im Radio und es gibt Weihnachtsgebäck. Dabei kuscheln wir uns alle aneinander und genießen diese ruhige Atmosphäre. Meistens gehen wir dann noch auf einen Weihnachtsmarkt und so sind das lustige und schöne Stunden.

Weihnachten ist wie jedes Jahr, ich bekomme meine feinen Kalbsknochen, Hundeschokolade und viel Streicheleinheiten, schaue Mami und Papi beim Auswickeln ihrer Geschenke zu und wünsche dann ungestört meine Knochen knabbern zu dürfen. Irgendwann, es ist schon sehr spät, gehen Mami und Papi noch in die Kirche und kommen so spät zurück, dass ich nur noch müde in mein Bett falle. Ach ja, Weihnachten ist wunderbar!

Silvester gefällt mir nicht so gut, da ist immer furchtbar viel Lärm. Und die Erwachsenen sind meist unzurechnungsfähig, da alkoholische Getränke die Sinne verwirren. Was ist Alkohol und warum macht der so merkwürdige Ausschweifungen möglich? Wir Hunde und anderes Getier kommen doch auch ohne aus. Aber wenn es um Mitternacht dann so schön zischt,

knall und bunt am Himmel ist, das finde ich ganz toll. Nachtruhe ist sowieso erst im Morgengrauen und so verziehe ich
mich in mein Körbchen. Wobei, dieses Mal war alles ganz
anders. Gleich nach den Weihnachtstagen haben Mami und
Papi Koffer gepackt und es ging auf Reisen. Das Hotel kannte
ich schon und die dazugehörigen Leute auch. Silvester begann
sehr lustig – es gab erst einmal kein Frühstück und die Straßen waren menschenleer. Blitzeis brachte alles zum Stillstand.
In unserem Hotel war der Streusand noch nicht angeliefert,
so wurde Salz gestreut und eine witzige Rutschpartie nahm
ihren Lauf. Wir sind dadurch erst spät zum Spaziergang gekommen. Linz sah einfach romantisch aus. Überall noch sehr
schöne Beleuchtung, festlich geschmückte Fenster und ent-
spannte Leute. Warum sind die Menschen an Weihnachten
so friedlich, freundlich und lieb? Geht das an den anderen
Tagen denn nicht auch? Ich werde es wohl nie verstehen, bin
ja »nur« ein Tier. Abends sehen wir erst einmal fern, »Diner for
one«, ist so Tradition bei uns. Dann geht es fein rausgeputzt in
die Silvesterfeier. Diesmal ganz edel, mit Klaviermusik, lange
essen, in zig Gängen und plötzlich ist es Mitternacht. Wieder
ein Jahr vorbei.

So, so, das ist nun das neue Jahr. Na gut, warten wir mal ab.
Auf jeden Fall beginnt es mit einem ausgedehnten Spazier-
gang – zusammen mit Mami und Papi. Heute sind aber wenige
Leute auf dem Gässchen.

Nachmittags ist das Wetter dann wenig berauschend, so dass
wir einen ganz gemütlichen Tag im Hotel verbringen.

Morgen fahren wir wieder nach Hause, war nur ein kurzer
Urlaub. Übrigens, diesmal ohne Apothekenwettlauf.

Wieder zu Hause. Alles geht seinen gewohnten Gang. Das
Wetter gefällt mir nur sehr selten, es regnet und stürmt. Das

allein ist aber nicht tragisch, sondern die Abduschaktion nach dem Gassigang. Da stehe ich in der Badewanne und werde sauber geduscht, sagt Mami jedenfalls. Ich finde lediglich, dass ich danach noch viel mehr nass gemacht werde als auf der Straße. Hilft nur nix, Mami sagt, das muss so sein – und da widerspreche ich besser nicht. Hinterher werde ich allerdings ganz fein in Handtücher und Decke eingemummelt und dann schmusen wir ganz lieb. Das finde ich einfach nur schön und schlafe meistens dabei ein.

Germany's Top Model

Wenn ich jetzt früh aus dem Haus gehe, riecht die Luft ganz wundervoll, so mild – süßlich, also einfach nach Frühling. Die Tage sind länger, die Menschen besser gelaunt und bunter gekleidet, alle Hunde spielen länger auf der Wiese – kurzum, das Leben kehrt zurück. Ich werde manchmal nach dem Gassigang in einen Korb verfrachtet, natürlich gut gesichert und an so ein komisches Gestell gebaumelt.

Aha, gerade werde ich belehrt, Fahrrad nennt man das im Volksmund.

Damit radelt meine Mami los, Papi hat auch so ein merkwürdiges Gerät und ab geht es in die Natur. Also ich bleibe erst einmal sehr skeptisch, bin viel zu hoch über dem Erdboden. Angst habe ich nicht so direkt, Mami wird schon aufpassen – aber man weiß ja nie …

Dieses Radfahren gefällt mir immer besser, ist so Pfötchenschonend und ich sehe viel mehr von der Welt. Aaron kann nicht so mitfahren, der muss immer nebenher rennen. Gut dass ich ein kleiner Rassedackel bin! Werde mal versuchen in diesem Korb zu schlafen. Geht nicht so richtig, schaukelt zu sehr.

»Warum muss ich all diesen Trubel eigentlich mitmachen, obwohl nur Papi abnehmen will? Und weshalb werden überhaupt solche strampelnden Freiübungen veranstaltet, wenn doch weniger naschen am Abend auch schon Erfolg hätte? Kann mir das einer mal ganz logisch und mit einfachen Worten erklären?«

Typisch, meine Worte hat wieder keiner verstanden. Wann lernen Menschen unsere Sprache?

So, diesen sportlichen Anfall haben wir hinter uns, Papi hat keine Zeit mehr dafür (ha,ha, selten so gelacht). Täglich wird es wärmer und der Spaß in Pipilotta geht wieder los. Ich spiele mit den Menschenkindern und Aaron, das Spiel heißt Mutter,

Vater, Kind und Hunde – wie originell. Aber Spaß haben wir alle dabei.

Seit gestern ist wieder so ein großes Zelt bei uns auf der Wiese. Mami sagt, der Siedlerbund feiert irgend so ein Jubiläum. Dann wird das wieder so ein komisches Treiben und das auch noch ganz spät.

»Hallo ihr Hunde dieses Dorfes, eure Menschlinge sind dann wieder so unberechenbar und lustig.«

Am nächsten Morgen aber sollten wir uns besser verkrümeln, die Papis sind meist wenig belastbar. Bis zum Abend. Da erlebst du dann die Auferstehung inklusive wundersamer Heilung. Rückfallgarantie ist vorab gegeben, denn die Vernunft fällt wegen Bierkonsum aus.

Die laute und ungeordnete Musik macht mich ganz nervös. Kinderkarussell, Schießstand und Bierzelt, jeder hat gleichzeitig eine andere Musik – nur in der Lautstärke sind sich alle einig. Für meine zarten Hundeohren ist das Gift und Mami sieht das genauso. Wir verkrümeln uns erst einmal, machen eine ausgedehnte Hunderunde und genießen den Sonnenschein. Am Nachmittag ist wie immer bei solchen Anlässen ein Umzug durch das ganze Dorf, mit den Musikzügen und dieses Mal einheitlicher Musik. Ich bin in dieser Zeit bei meiner Freundin Dina, da ist Ruhe angesagt. Als Mami und Papi wieder eintrudeln, haben wir ausgeschlafen und können mit auf die Festwiese. Die Kinder spielen mit uns. So vergeht dieser Tag recht schnell. Abends bleibe ich daheim, allein. Das ist gar nicht schlimm, denn Mami kommt öfter mal nach mir schauen.

Sonntag früh gibt es den Zeltgottesdienst, ich bin erneut solange bei Dina. Gegen Spätnachmittag wird alles von der Wiese abgebaut und es kehrt Ruhe ein. Auch die meisten Menschlinge benötigen dringend diese Ruhephase, es war wohl ziemlich anstrengend. Die vom Siedlerbund sehen recht müde aus, machen noch Kasse und entfernen sich. Was ist Kasse machen? Egal, Hauptsache unsere Wiese ist für uns frei.

Heute sind wir recht früh mit dem Auto los und ich weiß nicht einmal wohin. Egal, Hauptsache ich bin dabei. So, nachdem ich nun irre lange geschlafen habe, darf ich aussteigen und toben. Mami und Papi spielen ein wenig mit mir, doll geht ja nicht – sind prima in Schale geschmissen. Will heißen in edler Aufmachung, Anzug und Kostüm und so.

Jetzt gehen wir in diese Raststätte, wir treffen da wichtige Leute. Ihr glaubt nicht, was da unter dem Tisch lag! Zwei Rauhhaardackel, einer noch mehr ein Dackelbaby. Xeni und Seppi heißen die und kommen aus Bayern. Dieser Seppi sorgte dann auch recht schnell für helle Aufregung. Als alle so richtig am Reden waren, sie nennen es Besprechung, saust Seppi los. Die Leine laut hinter sich her bewegend rennt er direkt in die Küche. Das war schon lustig, aber viel witziger ist die Reaktion der Menschlinge. Wie von der Tarantel gestochen – was ist eine Tarantel? – egal, rennt Seppis Frauchen, die nicht gerade ein athletischer Typ ist, und die andere vornehme Frau hinterher. Natürlich krachen die Stühle zu Boden und somit machen die zwei weit mehr Radau als der Winzling vorher. Derweil bringt ein netter Jüngling mit langer weißer Schürze den Fellkameraden auf den Flur und übergibt ihn lachend an die Damen. Auf diese beeindruckende Weise erfahren nun sämtliche Gäste, dass unter diesem Tisch Dackel sitzen. Super! Die Schimpfe für den Ausreißer ist recht milde ausgefallen, denn kaum einer in diesem Restaurant konnte sich das Lachen verkneifen. Selbst der konsequenteste Mensch kann unter Aufsicht lachender Öffentlichkeit einen Welpen nicht abstrafen. Ach ja, zwei ziemlich große Menschen, das Herrchen und Frauchen der bayerischen Dackel, gehören auch dazu, wobei sich das Herrchen wirklich vornehm zurückhielt. Überhaupt scheint der mir nicht sehr bewegungsfreudig zu sein. Schätze mal, bei dem Bauch neigt er zu unsanften Landungen. So eine Art bauchlastiges Erdbeben. Sehr lustig, wenn Menschen so wie aufgescheuchte Hühner lossausen. Meine Menschen sehen dem ganz gelassen zu und lachen sich schief. Nun gut, Hund eingefangen und unter Einzelbewachung gestellt!

Nach ewig langer Zeit sind alle Menschen mit der Besprechung fertig und es beginnt die Phase der Abwanderung. Meine Eltern schwatzen noch mit den Dackelleuten aus Bayern – wir Dackel toben derweil auf der Wiese und verabschieden uns dann mit einem Besuchstermin. So lerne ich die Welt Bayern demnächst kennen. Klasse!

Es ist so weit, wir fahren nach Bayern. Ich glaube sechs Stunden bin ich gefahren und dann waren wir da, bei den Dackeln. Xeni scheint gar nicht erfreut, die führt sich auf wie eine Furie, bellt, knurrt und sonst noch was. Aber darüber bin ich erhaben und ziehe mich dezent unter die Küchenbank zurück. Seppl, der eigentlich Siegfried von …. ach was weiß ich … heißt, kommt zu mir und will mit mir spielen. Diese zickige Xenia hat sich endlich beruhigt und sitzt bei meiner Mami auf dem Schoß. Na gut, wenn's hilft! Also taste ich mich langsam vor ans Tageslicht, schaue in die umherstehenden Näpfe und schaue mir erst einmal den Flur und das große Zimmer daneben an. Das ist ja Klasse, hier steht ein Hundekörbchen. Also nichts wie rein. Seppl scheint sauer zu sein, er stupst mich fortwährend an. Der nervt!

Irgendwann versteht er doch, dass ich recht müde bin und einfach nur eine Runde schlafen will – in seinem Körbchen und ungestört.

Lange hielt der Zustand der Ruhe nicht an, denn Seppl will toben und mit mir schmusen. Gut, schmuse ich ein wenig mit dem kleinen Kerl und dann rasen wir alle drei, richtig, auch

Xeni, in den großen Garten. Da kann man sich toll verstecken, buddeln, bellen und dergleichen. Xeni rennt die ganze Zeit mit einem abgesabberten Ball durch die Gegend und wehe es nähert sich einer diesem Teil. Dieses Gekreische in den höchsten Tönen – sie nennt es bellen – na das geht mir durch Mark und Bein. Meine Mami spielt jetzt mit dem Ball, wirft ihn fort und Xeni fegt wie verrückt hinterher. Schaut wirklich putzig aus, wenn nur das Quietschen nicht wäre. Ich trolle so vor mich hin, mit Seppl im Schlepptau und ziehe mich immer wieder in das Körbchen zurück. Aber dass wir hier so rein und raus laufen können, ganz wie es uns gefällt, das finde ich einfach prima.

Und genauso prima finde ich, dass die kräftigen Bayern immer hungrig sind. Hier gibt es alle Nase lang was zwischen die Zähne und für uns fällt immer was ab. O, was haben wir wohl zugenommen hier? Egal, joggen können wir wieder in Norddeutschland, gelle?!

Leider gehen die Tage ganz schnell vorbei und schon bin ich auf der Heimfahrt. Sicher waren wir nicht das letzte Mal hier und das beruhigt mich doch sehr.

So, wieder daheim und wieder der ganz normale Wahnsinn. Dieser Sommer ist ziemlich missraten, also mehr schlechtes Wetter als Sonnenschein. Wenn so ein grauseliges Wetter ist, dann ist meine Mami oft übel gelaunt. Die kann so viel Wasser aus dem Himmel nicht leiden. Aber Gummistiefel mag sie auch nicht – also: weiter nasse Füße. Schuhe sind auch nicht mehr das, was sie mal waren – alle undicht.

»Siehste Mami, manchmal sind wir Fellteile weit besser dran. Schuhe schätzen wir nicht – weil kein Daumen vorhanden zum Schleifebinden, ha-ha.«

Der Sommer ist tatsächlich ausgefallen. Unsere Kinder aus dem Dorf sind immer noch weiß und müssen jetzt wieder in die Schule. Nur die, die im sonnigen Süden waren, die sind schön braun. Und ausgerechnet jetzt, wo die Sommerferien zu Ende sind, da prallt plötzlich und unerwartet die Sonne vom Himmel. Da sind dann auch mal dreißig Grad und die Planschbecken in den Gärten haben Hochkonjunktur. Wir Hunde treffen uns mit den Kindern, die hitzefrei haben, und toben richtig schön umher.

Aber auch dieses Jahr kommt der Herbst und damit der unvermeidliche Regen. Von dieser Art Wetter bekommen wir in Norddeutschland weit mehr als ausreichend ab. Da bin ich richtig froh, wenn meine Menschlinge eine Fahrt in Richtung Bayern, also in südlichere Gefilde ansteuern.

Hier scheint noch immer recht warm die Sonne und Seppi, Xeni und ich können im Garten umherbolzen.

An einem Abend machen sich alle Menschen ganz fein – aha, wir gehen bestimmt in ein Restaurant. Legen wir uns mal besser auf die Lauer und das an der Haustür, so kann man mich und die anderen beiden nicht übersehen!

Hach, jetzt sitzen wir alle im Auto, in einem Auto – ziemlich eng hier – und Martin fährt. »Meine Güte, hast du ein Date in Dachau? Oder weshalb fährst du so schnell? Wir fliegen doch von einer Ecke in die andere.«

Kaum habe ich meine Kritik an den Mann gebracht, bläst sich der Jürgen auch auf, Spätzünder. Zum Glück haben wir alle noch nix gegessen. Aber nach dem autointernen Donnerwetter geht die Fahrt zivilisiert weiter.

»Fein Martin, jetzt kann ich sogar schlafen.«

Schon entlasse ich mich ins Traumland. Ruck! Was war das, so schrecke ich verschlafen hoch. Xeni spinnt schon wieder total. Die quietscht in so hohen Tönen und das ohne Pause, dass man nur weglaufen will. So eine Nervensäge. Seppi ist schon an der Leine und vor dem Auto, der beißt in alles, was ihm vor die Schnauze kommt, schrecklich. Die dazugehörenden Menschen bemühen sich redlich, die Tiere zur Vernunft zu bringen. Es ist doch wie immer, je mehr Leute dazwischenbläken, desto hektischer entwickelt sich die Situation. Auf diese Art und Weise zanken sich am Ende die Menschen, die Hunde spinnen immer noch und zusätzlich nehmen alle die gesamte Straße ein, blockieren alles. Daraus ergibt sich zwangsläufig eine Phase der Einmischung von Fremden, samt Streichelbedürfnissen und untergräbt ganz schnell die Autorität der eigenen Erziehungsmaßnahmen. Mami, Papi und ich sitzen bzw. stehen etwas abseits, schauen dem Geschehen belustigt zu. Am Ende werde auch ich hinreichend gestreichelt, als ausgesprochen brav herausgefiltert und entsprechend gelobt. Ich werfe verwegen meinen Kopf leicht nach hinten und genieße.

»Ach was bin ich doch einmalig toll.«

Nach diesen Anflügen von erfolgloser Erziehung und unglaublicher Artigkeit (meinerseits) geht es endlich weiter. Endlich betreten wir das Restaurant, übrigens alle angeleint und extrem gehorsam. Oh Schreck lass nach, wir sind beim Chinesen. Die essen doch Hunde, oder? Natürlich haut Martin genau in die Kerbe.

»Das Mitbringen von eigenen Speisen ist hier verboten«, sagt er spitz und schaut seinen Seppi provokant an. Zum Glück war das nur ein Scherzlein, wir Vierbeiner atmen erleichtert auf. Jetzt liegen wir unter dem Tisch und schlafen so vor uns hin. Über uns ist leises Schmatzgeräusch vernehmbar und so klingt das beinahe wie dezente Musik. Irgendwann fordern unsere gesättigten Menschen zum Aufbruch und wir verlassen genauso brav das Lokal. Kurz vor der Tür werden wir alle von einem jungen Ehepaar aufgehalten:

»Waren die drei die ganze Zeit mit hier?«

»Aber sicher«, antworten die stolzen Hundebesitzer. »Und die sind so artig«, setzt sich die Verwunderung fort, während wir ausgiebig dabei gestreichelt werden.

»Natürlich«, tönt Xenis Mutti, »die sind doch gut erzogen.« (Ha ha, ich erinnere nur an den Aufstand im Auto)

»Ja, dürfen wir unsere Kinder mal eine Weile zu Ihnen bringen?«

Nach dieser Frage der Leute verabschieden sich alle laut lachend. Ja, wir sind doch wahre Musterexemplare, oder ?

Wie immer vergeht die Zeit in Bayern recht schnell und es heißt Abschied nehmen. Ich sitze schon am Sicherheitsgurt befestigt auf der Rückbank, während die Großen mal wieder kein Ende finden. Die schnattern und schnattern.

»Ja mei, ihr hattet doch nun wirklich ausreichend Zeit. Muss denn immer alles in den letzten fünf Minuten bekaspert werden? Pah, Menschen!«

Da muss ich nun wirklich einschreiten, sonst wird das heute nichts mehr. Ja, ich will nach Hause, will meine Ruhe haben. So lege ich meinen Kopf jetzt auf die Seite und lasse mich vom sanften Motorengeräusch und der Musik im Autoradio einlullen.

Zu Hause muss ich erst einmal alles inspizieren und beschnuppern, alles unverändert – so scheint es auf den ersten Blick.

Aha, der Mann aus unserem Haus, also der Egbert, hat ein neues Auto.

»Und was ist daran so wichtig, dass man spät abends noch unbedingt alle stören muss?«

Ich glaube meine Mami hat ähnliche Gedankengänge, denn ihr Tonfall klingt recht ironisch. Nur, der Mann merkt das nicht, ehrlich. Der kriegt solche Sachen nicht auf die Reihe und das will ein Lehrer sein. Da merkt man das fehlende Studium schon sehr deutlich. Wenn der erst mal im Sessel sitzt, dann ist er wie Fleckfieber. So sagt die Mami jedenfalls immer. Fleckfieber ist gewiss etwas Unangenehmes, was so schnell nicht wieder weggeht.

Mami geht demonstrativ mit mir zu Bett. Immerhin waren wir fast sieben Stunden unterwegs.

»Gute Nacht allerseits und auch Egbert.«

So vergeht der Rest des Herbstes, schade eigentlich. Mit wachsender Begeisterung gehe ich im Wald spazieren. Hier liegen Unmengen von Laub und wenn ich meinen Hals ganz lang mache, den Kopf ebenso flach über den Boden halte, dann kann ich unterirdisch durch die Laubmassen sausen. Mami meint, ich sehe dann wie ein Staubsauger aus.

»Mami, ich sehe nicht nur so aus. Ich, Nessy, bin der erste ökologische Laubsauger der Welt.«

Zugegeben, ich sauge nicht auf, sondern verteile malerisch alle Blätter auf dem Weg.

»Nun seid man nicht so kleinlich, ihr macht auch hinreichend Dreck.«

Leider muss ich danach immer in die Badewanne, das Wasser ist schwarz. Egal, es macht einfach nur Spaß und wenn Mami noch mit durch das Laub rennt, dann ist mein Glück perfekt. Herrlich diese bunten Blätter, noch herrlicher die trockenen auf der Erde.

Nachdem die Regenzeit über uns hereingebrochen ist, folgt jetzt wieder das hektische Treiben. Mami läuft wieder mit den bunten Holzmännern, in allen Größen, durch die Gegend, öffnet unentwegt Kisten und Kartons, zaubert bunten Tingel-Tangel heraus. Irgendwie ist das wie Zirkuszauberei – Copperfield lässt grüßen. Von der Hektik lasse ich mich anstecken, laufe immer nebenher. Ich will auf keinen Fall etwas versäumen. Bald ist das ganze Fenster voll gestellt, die Treppe ist stufenweise mit Nussknackern bestückt und die Pyramiden klappern still vor sich hin – durch die Windbewegungen. Am Fenster leuchten die Schwippbögen (so sollen die heißen), dazwischen haben die Räuchermännchen Platz gefunden. Oh ja, es sieht wirklich schön aus in der ganzen Wohnung. Und wenn hier diese Umbauaktion läuft, dann steht Weihnachten vor der Tür. Besonders liebe ich die feinen Düfte aus den Räuchermännern und die musikuntermalten Nachmittage bei Kerzenschein. Dann erscheint die Welt so unglaublich friedlich, so dass die Nachrichten im Fernsehen gar nicht dazupassen wollen. Leider hat sich das in all den Jahren nie verändert und die Menschen gewöhnen sich an dieses widersprüchliche Empfinden. Schade aber auch.

Es ändert nichts an der Tatsache, dass mich diese Zeit fasziniert. So wird bald wieder ein duftender Weihnachtsbaum im Zimmer stehen, die Gerüche täglich verlockender und als Krönung gibt es dann irgendwann wundervolle Geschenke. »Jippi, jippi, bald bekomme ich wieder einen tollen Kalbsknochen!!!«

Dann kratze ich mir freudig erregt das linke Ohr, darüber muss ich unbedingt mit meinen vierbeinigen Freunden reden. Ob die das vielleicht schon wissen? Na egal, ich werde meiner Informationspflicht schnell nachkommen. Besser ist besser.

Weihnachten war so schön, aber leider wieder vorbei. Jetzt beginnt die Zeit, die mir richtig Angst macht. Viele der sonst recht vernünftigen Menschlinge flippen urplötzlich total aus und spinnen. Sie werfen mit irgendwelchen Radaupatronen und schlimmer noch, mit jedem Knall finden sie sich besser und schöner. Klar weiß ich, dass Silvester solche Unarten hervorbringt. Da ist das ja auch legitim. Nur, wir haben noch nicht Silvester.

Nun gut, Hunde, Katzen und sonstiges vernunftbegabtes

Getier, mit diesen menschlichen Marotten sollten wir uns abfinden. Da kriegen wir die nicht mehr groß – vergesst es.

Dabei sind solcherlei Späße nicht billig. Diese Knallerei geht mir so richtig auf die Nerven und ich möchte überhaupt nicht auf die Gasse. In der Nacht, ja da finde ich die vielen bunten Lichter auch wunderschön, diese bizarren Gebilde aus Licht und Farben. Und wenn das dann gelaufen ist, dann haben wir ein neues Jahr. Sagen meine Eltern. So ein neues Jahr fängt meist sehr ruhig an. Die Menschlinge, die eine Woche vorher, ach was sag ich da, die noch Stunden vorher den Krach, die Knallerei so liebten und schätzten, ja sogar veranstalteten, die sind ganz auf Stille programmiert. Kommen erst nachmittags aus den Zimmern, halten sich den Kopf und haben so gar keinen Appetit, geschweige denn Hunger. So also beginnt bei den Menschen ein neues Jahr. Aha, nun denn.

Meine Eltern sind ziemlich munter, gehen mit mir sehr schön lange spazieren und toben fröhlich umher. Für mich ist so ein Jahresanfang eine wirklich fröhliche Angelegenheit.

Der Januar ist in aller Regel recht kalt und wenn wir Glück haben, dann sogar noch weiß.

Dieses 1999 beginnt relativ nass, es regnet in Norddeutschland und spazieren gehen ist rechter Mist. Immer wenn ich wieder in der Wohnung bin, heißt es duschen. Dafür bin ich nicht gemacht, harre allerdings geduldig aus. Anschließend werde ich in Handtücher und eine Decke eingemummelt – und das ist wunderschön. Kaum bin ich darin verschwunden, beginne ich mit dem Schönheitsschlaf. Deshalb habe ich wohl so wenig Falten – die Schönheitschirurgie kann warten!

Ja wunderbar, mitten im Winter kommt in diese lausig kalte Gegend Besuch. Besuch aus Berlin und für mehrere Tage. Kann euch sagen, das ist vielleicht aufregend. Noch sind sie ja nicht da, ich kenne sie auch noch nicht, aber ich bin schon total aufgeregt und laufe Mami und Papi immer hinterher. Man will ja schließlich nichts verpassen.

Und plötzlich sind sie da, so so. Ich weiß überhaupt nicht, warum sich Menschen so unglaublich lange begrüßen müssen. Kaum sind sie dann im Flur angekommen, dann muss schon alles an der Garderobe erzählt werden. Statt sich nett hinzusetzen – den Haushund zu kraulen – und erst einmal gut durchzuschnaufen. Nein die machen Hektik.

Aber jetzt bin ich dran, wunderbar. Zuerst streichelt mich die Frau ausgiebig. Dagmar heißt sie. Egal, sie beherrscht das Kraulen auf Wunsch schon ganz gut. Mal testen ob der Mann, Lutz, von gleicher Intelligenz ist. Ja wundervoll, bitte weiter so.

Nach einem ewig langen Kaffeetrinken stapfen wir alle zusammen in die Natur. Das Wetter ist so schlecht nicht, es schneit ganz leicht. Ich darf auch mit Besuch ohne Leine rumspringen, das ist toll. Das bedeutet, die Besucher haben keine Angst vor mir. Wie auch! Bin doch ein zauberhaftes Wesen und weiß meine Menschen zu nehmen. Außerdem liegt mir jede Form von Aggression wirklich fern – man kann doch über alles reden:

»Also ehrlich, nach so einem albernen Schneeball zu rennen ist nicht mein Stil. Aber ein Schneemann, in dessen Bauch ich beißen kann, das hätte doch was. So als Alternative, meine ich.«

Nun gut, so viel Kind ist in denen wieder nicht drin. Halt, doch, der Lutz ist genau meine Welle. Ein rechter Kindskopf noch. Einfach herrlich dieser Typ.

Schneewirbel in der Luft sind zu schön. Da scheint die Welt so friedlich, so unangreifbar. Selbst die Menschen genießen den wundervollen Tag vorbehaltlos. Sehr schön.

Abends komme ich zurzeit sehr spät ins Bett, denn wir sitzen mit Lutz und Dagmar gemütlich zusammen. Die Menschen genießen dabei wieder so einen gelben Saft aus hohen Gläsern. Wein nennt es Papi und hält ellenlange Vorträge über Rebsorten, Anbaugebiete und so weiter. Alle lauschen andächtig, nur ich nicht. Ich gehe in mein Körbchen.

»Papi, du nervst.«

Irgendwann nimmt die Unterhaltung Normalmaß an, will heißen, alle reden mit und somit springe ich auf die Couch und lasse mich kraulen. Jetzt plaudert auch keiner mehr über den Ursprung des Weines, sondern genießt ihn. Und feine Sachen zum Essen gibt es, hmmm …

Kurz nach Mitternacht geht Mami mit mir auf das Gässchen und der Lutz kommt ebenfalls mit. So drehen wir noch eine winzig kleine Hunderunde, so etwa eine viertel Stunde und sind putzmunter wieder mitten in der Runde.

Bald sind die schönen Tage und Abende zu Ende, weil Lutz und Dagmar wieder nach Berlin fahren. Wir winken noch lange hinterher, bis das Auto unseren Blicken entschwindet.

Der Winter ist wie immer norddeutsch: viel grau, wenig Schnee und immer nasskalt. Da die Tage noch relativ kurz sind, finde ich wenig Spielgelegenheit. Die Kinder sind zeitig in den Häusern und die Hunde meist nur kurz im Feld. Lediglich Dina kommt mit der Oma zur Frührunde mit. Oh, das macht Spaß. Dina wirft die Oma in den Schnee und Mami hält das im Bild fest. Manchmal dauert so eine Runde über zwei Stunden.

Ganz langsam wird es Frühling und Mami erzählt wieder von Besuch aus Berlin. Ob Lutz und Dagmar wieder kommen? Fragen bringt nichts und so beobachte ich unauffällig die Vorbereitungen. Die müssen bald kommen, denn Mami beschlagnahmt die Küche. Kuchen backen, Fleisch zubereiten, Kartoffeln und Gemüse kochen …, während Papi schon wieder mit Weinflaschen durch die Räumlichkeiten springt. Und dann bimmelt es an der Tür. Natürlich sause ich, wie ein geölter Blitz, zuerst zur Treppe. Mami klettert über mich hinweg und geht runter an die Tür. Aha, nicht Lutz. Zwei Typen stehen da, kenne ich nicht. Also die Sache gespannt beäugen und abwarten. Mami umarmt die beiden und das bedeutet, die kennen sich. Endlich kommen die hoch, hoch zu mir. Und jetzt streicheln mich die beiden und toben, noch auf der Treppe stehend, mit mir. Klasse, die zwei finde ich super. Haben die auch Namen?

»Also Jungs, ich bin Nessy und wer seid ihr?«

Norbert und Detlef heißen die und damit ist auch das geklärt. Jetzt trinken alle Kaffee und ich bekomme etwas vom Kuchen ab. Danach schwatzen die Großen wieder endlos lange, so von damals und so. Danach gehen wir alle spazieren. Treffen auch noch Dina mit Frauchen, das macht ganz doll Spaß. Total durchgefroren kommen wir heim, es ist noch recht kalt und nasse Füßchen habe ich auch. Mami rubbelt mich ganz fein trocken und kuschelt mich auf der Couch ein. So bin ich mittendrin in der ganzen Gesellschaft. Mir entgeht so nichts, selbst wenn ich schlafe – oder so tue als ob.

Norbert und Detlef sind auch länger da, so wie Lutz. Eines Abends gehen wir alle in ein ganz tolles Restaurant und nehmen Jens, den Sohn des Vermieters, mit. In dem Restaurant gibt es große Kupferkessel und Rohre, eine alte Brauerei also. Nach der Führung gibt es tolles Essen und die Großen trinken dann ganz fürchterlich lange. Im Grunde genommen ist das sehr, sehr langweilig, denn ich sitze die ganze Zeit unter dem Tisch.

»Hey, ihr da oben. Wisst ihr eigentlich, wie doof das hier ist?

Immer nur Beine, Schuhe und Holzteile von Tisch und Stuhl. Zu blöd aber auch!«

Endlich fahren wir wieder heim und Mami muss das Auto fahren – die anderen sind fahruntauglich. Sagen sie wenigstens. Jens übernimmt mich und alle amüsieren sich über den vielen Platz hinter Mamis Sitz. Meine Mami ist nämlich recht klein und der Autositz klemmt fast hinter der Frontscheibe. Jens und ich können dahinter ganz gemütlich Walzer tanzen, so viel Platz haben wir. Zu Hause tratschen die Menschen noch die halbe Nacht, lachen und hören Musik, aber ich verschwinde in mein Bett. Gute Nacht!

Nach einer knappen Woche fahren die beiden Jungs wieder heim und es geht der ganz normale Alltagstrott weiter. Manchmal sitzt Papi mit dem Egbert zusammen im Wohnzimmer und sie trinken ein Bierchen (eins, haha). Ich finde das blöd, denn Ecke, so nennt er sich gerne, wird mit jedem Bierchen lauter und glaubt dann, dass ich sein Zirkushund bin. Nessy mach doch mal das, versuch doch mal dies und wenn er mich hoch nimmt, tut das sehr weh.

»Lass mich doch in Ruhe, du Grobmotoriker. Dressiere doch deine Kinder und nicht mich. Oder besser noch, trink nicht mehr, als du verträgst.«

Wenn Jens oder Kay dabei sind, dann finde ich das viel schöner. Die beschäftigen sich intensiv mit mir und das Toben ist einfach klasse.

Papi ist jetzt im Tischtennisverein und geht abends oft zu Spielen, ohne uns. Dann sind da diverse Feiern, mal mit und meistens ohne Anhang. Die Tischtennisherren sind ein komisches Völkchen. An Himmelfahrt gehen die auf Wandertour und kommen fernab jeder Normalität wieder zurück. Um es klar auszudrücken: Die sind sturzbesoffen. Und je schlimmer die

Auswirkungen sind, desto toller finden die das. Niveau hat das nun wirklich nicht und wer nicht mitmacht, wird immer weiter ausgegrenzt. Mami hat auch eine Zeit Tischtennis gespielt, in jenem Verein, aber die hat nicht lange mitgemacht. Die Sparte wurde nur von den Männern dominiert, vornehmlich von Egbert und der war von Natur aus frauenfeindlich eingestellt. Frauen haben ihm untertan zu sein und sind lediglich zwecks Nahrungszubereitung verwertbar. Außerdem haben sie ihn rund um die Uhr zu bewundern und um seine Gunst zu buhlen. Natürlich ist es oberstes Gesetz, dass die Frauensparte bei allen Festen das Essen sponsert, für über dreißig männliche Spieler. Die Frauenmannschaft besteht aus sechs Muttis. Als ausgleichenden Faktor besorgen dann die dreißig Männer fünf bis sechs Kästen Bier und zwei Kisten Wein. Das Bierfass wird geliefert und genau so hat es Egbert festgelegt und alle haben das so zu machen. Mami will diese primitiven Spielchen nicht mitmachen und verlässt den Verein – so schafft man sich Feinde. Egbert titelt Mami nun Emanze und die zwei werden in diesem Leben keine Freunde mehr.

Mami kann ihre Antipathien gegen andere sowieso bestens zeigen und so gleich einen gebührenden Abstand einfordern. Ja, das macht sie richtig gut. So endete das Unternehmen Tischtennis recht schnell, wenigstens bei Mami und ich muss nicht mehr montags alleine bleiben. Sehr gut. Papi ist ein paar Monate später auch wieder zu Hause, auch nicht mehr zum Tischtennis. Ich finde das einfach toll!

Ja so ist das mit den sportlichen Aktivitäten in einem Dorfsportverein, der von Egoisten dominiert wird. Es ist halt ländlich sittlich. Alle regen sich darüber auf, aber keiner will etwas ändern. So was ist immer mit Arbeit verbunden, Freizeitverlust und so weiter ... Menschen, einfach nur Menschen. Bei uns Hunden gibt es solche Probleme nicht. Und nun habe ich meine Menschen wieder für mich ganz alleine. Super!

Der Sommer ist mal wieder göttlich! Pünktlich mit Beginn der Sommerferien, im Juni, kommt ein umfangreiches Tiefdruckgebiet. Will heißen, es schüttet vom Himmel, ist zunehmend kalt und stürmisch. So geht das dann bis Mitte August. Dann, plötzlich und unerwartet beginnen drei Wochen mit unglaublicher Hitze, jenseits der dreißig Grad, um dann in der zweiten Septemberwoche auf fünfzehn Grad Mittagstemperatur zu fallen. Die Ureinwohner nennen das norddeutschen Sommer. Ich finde den einfach sch... Und meine Mami ist dann immer schlecht gelaunt. Weder Kälte noch Dauerregen kann sie psychisch verkraften, sie hasst so ein Wetter.

Dina komm, Gassi geh'n

Im Oktober wird meine Mami rund. So sagen es Papi und die Leute. Ein runder Geburtstag, was immer das sein soll, steht ins Haus. Aha, aber ich weiß es viel viel besser. Mami und Papi wollen ihr Verhältnis »legalisieren« und das an jenem »runden« Mamitag.
Am Vorabend klingelt es plötzlich und nach dem Öffnen

71

schießt ein undefinierbares Fellbündel die Treppe hoch, vorbei an uns (Mami und ich stehen oben) und beginnt in sämtlichen Räumen ein Geschrei der besonderen Art. Kurz darauf folgen Xeni samt Eltern. Folglich war der Kugelblitz Seppi, richtig, da ist er ja wieder. Nun folgt die Begrüßungszeremonie auf zwei Ebenen. Oben herzen sich die Menschen und ebenerdig näseln wir Hunde. Dann gibt es Futter, auch wieder auf zwei Ebenen und anschließend beginnt die große Ratscherei. Bayern betiteln das Erzählen so. Bis weit nach Mitternacht geht das und dann entschwinden die bayerischen Einwohner in ihr Hotel. War das eine Aufregung. Komisch, Mami hat morgen Geburtstag, die beiden legalisieren sich und ein Geschenk bekommt nur Papi. Irgend so eine Heilige mit Schein und Zepter für die Wand. Mir gefällt so was nicht, muss es wohl auch nicht. Und an Mamis Gesichtsausdruck erkenne ich, ihre Begeisterung hält sich genauso in Grenzen. Aber wenigstens Papi scheint sich zu freuen …

Heute ist der große Tag! Mami und Papi sehen einfach kernig aus. Mami war noch beim Frisör, Papi hat mit mir was Wichtiges erledigt und jetzt mit Blumen Mami abgeholt. Vor dem Amt, also schon im Rathaus – wer bitte erteilt dort Rat? – stehen dann Seppi, Xeni und deren Eltern, fein rausgeputzt und erwartungsfroh. Wir Hunde gehen wieder ins Auto und harren der Dinge. Klartext, wir schlafen erst einmal eine gesunde Runde.

Jetzt werden wir abgeholt, erhalten artgerechten Schmuck – also Halstücher – und werden immer wieder mit Mami und Papi fotografiert. Vor diesem Haus für Ratsuchende stehen plötzlich Janine, Melanie, Angela, Ojana, Katja und die Oma mit einem bunt bemalten Laken. Meine, nun legalen, Eltern schneiden mit Nagelscheren ein Bild aus und müssen durchsteigen. Merkwürdige Spielereien. Aber wenn's Spaß macht?! Jetzt trinken alle Sekt und man trennt sich wieder. Peinlich nur, dass so viele Fremde zusehen.

Mit Anita, Jürgen, Xeni und Seppi geht es in ein hübsches Hotelrestaurant und es gibt (endlich) Essen. Das haben Seppis Eltern vorher schon bestellt und prompt gratuliert ihnen der Hoteldirektor mit Frau zur Eheschließung. Mami lacht sich scheckig. Natürlich wird das dann stehenden Fußes richtig gestellt und nimmt seinen entsprechenden Gang. Und was für feines Essen es dort gibt – hmm, ihr habt ja alle keine Vorstellung. Selbst wir Hunde erhalten wahnsinnig tolles Essen – ähm, Futter.

Abends kommen noch viele bestellte und nicht bestellte Leute und es wird wieder sehr spät.

Wenn das so weitergeht, bekomme ich zeitig Falten – aus Schlafmangel.

Am nächsten Morgen fahren wir in den Urlaub, zwei lange Wochen. Es geht nach Österreich, nach Reute, in den »Fürstenhof«. Viele Stunden fahren wir und als wir, vermutlich nach Jahren, da eintrudeln, wen sehe ich zuerst? Jürgen und Anita. Wie wunderbar! Ha, da sind auch meine Dackelfreunde und schon gefällt es mir.

Mami geht es erst ziemlich schlecht, sie verträgt die Höhe nicht. Zumindest ist die Höhe zu schnell genommen worden und nun können wir sie zwei Tage lang abschreiben.

»Und wer geht mit uns Dackeln so richtig schön spazieren?«

Durch den Totalausfall von Mami müssen die anderen sich richtig anstrengen. Will heißen, sie können uns nicht heimlich still und leise bei Mami platzieren und dann über diverse Zipperlein jammern. Diese Zipperlein haben meine Menschen längst als faule Ausreden identifiziert. Man ist, aufgrund von mittlerem bis höherem Übergewicht, einfach nur lauffaul.

Nach zwei Tagen ist Mami wieder einigermaßen gebrauchsfähig und es wird eine schöne Zeit.

Wieder ist es Weihnachten. Ein wirklich aufregendes Jahr neigt sich dem Ende zu und alle resümieren mehr oder weniger intensiv. Ich auch. Meine Menschen sind also jetzt ein ganz echtes Ehepaar, waren im Herbst mit mir wieder im herrlichen Österreich und nun frage ich mich wirklich – war da noch mehr?

So werde ich das hell strahlende Weihnachtsfest genießen und mich vor dem Silvesterlärm geringfügig fürchten. Mami rettet mich schon. Mami will nicht zu den Leuten unter uns, also kommen die mit ihrer buckligen Verwandtschaft zu uns. Der Ecke mit seiner dicken Frau bringen ein richtig schönes Essen mit. Brezeln, Wurst, alles bayerisch dekoriert. Klar, das finde ich klasse! Jens, Kay und alle anderen aus der Sippe haben ebenfalls feine Dinge dabei. Nur manche sind für mich gänzlich ungeeignet, schade. Melli und Janine spielen den ganzen Abend mit mir. Schmusen, kraulen und verwöhnen mich – supertoll! Nun fürchte ich mich fast gar nicht mehr vor der sinnlosen Knallerei. Warum aber müssen Menschen immer so furchtbar laut sein? Und vor allen Dingen: Warum finden die sich dann noch unglaublich komisch? Liegt das am vielem Flascheninhalt, den sie in sich hineinschütten? Was ist da drin? Mein Näpfchen hat doch nicht so fatale Folgen. Nur Mami scheint die Übersicht zu haben, hat ja kaum mit aus den Flaschen gezuzelt. Mal ein Glas Wein, dann nur Wasser. Schmeckt ihr das Zeug aus den wundersamen Flaschen etwa nicht? Nun gut, ich frage morgen mal nach. Jetzt rolle ich mich zusammen und lass den lieben Gott einen guten Mann sein – also rutscht mir doch …

Freunde, tschau bis zum nächsten Jahr:

Neujahr 2000, was haben die Menschen gesponnen! Von wegen neues Jahrtausend, neues Lebensgefühl und so. Ehrlich, ich fühle mich immer noch gleich und die Neujahrsfolgen, Kater genannt, sind bei den Menschen wie immer. Sehr intensiv!

Mit meinen Eltern mache ich einen wunderschönen, langen Neujahrsspaziergang und genieße die allgemeine Ruhe, die reifbedeckten Bäume und Felder sehr. Das Laub knistert wie brennendes Papier, denn auch da ist der Frost zu Hause. Beinahe drei Stunden schlendern wir durch Wald und Flur und kehren dann in die warme Stube zurück. Mein direkter Weg führt ins Körbchen, bin müde. Ja so beginnt das neue Jahr.

Wie schnell so ein Jahr verfliegt, merke ich an den Tagen mit schönem Wetter und davon gibt es dieses Mal nicht sehr viel. Norddeutsches Schmuddelwetter. Carpe diem, nutze den Tag, den sonnigen Tag – also nichts wie raus und auf die Wiesen, in die Felder.

Meine neue Leidenschaft sind Mäuse. Nein nicht die in der Geldbörse. Richtige, echte Mäuse, in Braun, in Grau und so. Immerhin bin ich ein Jagdhund, also jage ich Mäuse. Bis zur Perfektion habe ich das geübt und nun sind meine und andere Menschen fasziniert von meiner Jagdkunst. Ich schleiche mich bei Aufnahme eines bestimmten Geruchs langsam, ganz langsam an und warte. Ja, Geduld ist hier das Zauberwort. Also ich stehe und warte, meistens habe ich dabei ein Vorderpfötchen leicht vom Boden abgehoben – warum weiß ich nicht – den Kopf ebenso leicht in Schräglage und mein ganzer Körper ist in einer angespannten, geraden Haltung. Nur das leichte Auf und Ab der Rippen deutet auf eine aktive Atmung hin und dann, wie aus dem Nichts und urplötzlich stoße ich zu. Mit der Nase in den Boden. Jetzt entscheidet sich, ob ich gut gearbeitet habe. Peng, da ist die Maus! Noch eine kleine Freifahrt in der

Luft, dann ist es meine. Mami will schauen und kommt auf mich zu. Aber will sie wirklich nur schauen? Vielleicht will sie mir die Beute wegnehmen und selber essen?

»Nein Mami, ich habe dich sehr lieb, wirklich, aber das ist meine Maus. Die verspeise ich jetzt, und zwar ganz alleine! Tut mir leid, ich teile nicht.«

Sicherheitshalber laufe ich mit der Maus im Schnäuzchen zwanzig Meter weiter weg. Verdammt, die zappelt noch und das kitzelt so gemein. So, nun hat sie ausgezappelt. Hmm, wie die kleinen zarten Knochen knacken und wie warm das Mäusefleisch noch ist, einfach lecker. Ups, so, das war's. Nun laufe ich Schwanz wedelnd zu Mami. Ein Lob war es Mami doch wert und weiter geht's, immer auf der Lauer.

Manchmal ist mein Glück, mein Jagdglück noch viel größer. Dann erhasche ich einen Maulwurf. Die sind vielleicht schön flauschig. Aber die fresse ich nicht, weil sie nicht schmecken. Mir jedenfalls nicht. Alle Mäuse fresse ich ja auch nicht, nur die zarten Feldmäuse. Bei den anderen reicht das Erlegen. So wie es Katzen machen. Wobei, ich lege die Mordopfer nicht als Geschenk ab. Wenn es viel regnet und die Bauern die Felder abgeerntet haben, dann ist meine große Stunde gekommen. Zum Glück jagen weder Aaron, Adele noch Dina.

Ich muss meine Beute nicht gegen die Großen verteidigen und das ist wahrlich gut so.

Dieses Jahr ist ein tolles Jagdjahr.

Ansonsten ist das Jahr aber langweilig. Keine neuen Hunde weit und breit. Immer nach dem Schema F, Tag für Tag. Klar, die langen Spaziergänge, mal mit den örtlichen Kindern, mal mit Dina oder anderen Hunden, die sind wunderschön. Aber ich hätte nichts gegen mehr Action.

Von den Bayern hören wir auch immer weniger. Der Typ, also der Jürgen, der bildet sich ein, der große Hecht zu sein und alle haben nach seiner Nase zu tanzen. Bei Mami ist er da an der falschen Adresse und so geraten die zwei öfter aneinander. Jetzt ist Mami noch dahintergekommen, dass uns der Jürgen linken wollte und so etwas verträgt sie gleich gar nicht. In aller Regel verliert sie dann jeden Charme, jede Diplomatie. Dann wird sie richtig gallig und der Andere hat nichts zu lachen. So auch hier. Nur verträgt der dicke Jürgen nicht die Wahrheit. Der kennt und akzeptiert nur seine Wahrheiten (oder Unwahrheiten) und der Rest seiner Familie hat Beifall zu klatschen. So ein Tyrann. Zum Glück sind meine Eltern nicht so. Hier hat jeder seine Luft zum Atmen und obendrein, die zanken sich so gut wie nie. Mir gefällt das viel besser.

Also ist erst einmal absolute Funkstille. *Und so wird das für zweieinhalb Jahre auch bleiben.* Schade, mit Seppi war das immer so lustig.

Kleine Hundeweisheit am Rande. Wenn so eine Situation entsteht, dann kommen meistens neue Leute in den Blickwinkel. So auch hier und da das Jahr noch lang ist, kommen diverse Leutchen. Richtige Freunde werden diese allerdings nicht. Mami lehnt dicke Freundschaften erst einmal strikt ab. Alle werden mit einer unterkühlten Distanz behandelt. Nur keine Gefühle herauslassen. Papi schmeckt diese Art überhaupt nicht und doch muss er das so akzeptieren. Mami ist nicht zu erweichen. Konsequenz heißt das und davon hat meine Mami mitunter zu viel. Finde ich jedenfalls. Bei mir bezieht sich das meistens auf den wundervollen Küchenschrank. Den da rechts, mit dem Leckerli-Allerlei drin. Aber dann – sch... Konsequenz. Nun gut, hoffe ich auf besseres »Wetter«. Und das soll ja bald kommen. Ich belausche Mami beim Telefonieren. Hallo, hallo, Besuch kündigt sich an. Wie wundervoll! Dann kann ich das konsequente Frauchen gut umschiffen!

Jetzt sollen Brigitte und Klaus meine Rettung, also der Besuch sein. Und wer bitte soll das sein? Diese Namen habe ich selbst am Telefon noch nie gehört. Wenn doch, dann aber höchst selten …

Mit Lutz, Dagmar, Norbert, Detlef und den anderen Berlinern telefoniert Mami häufiger. Wer zum Beispiel Gabi, Lisa oder Gunther ist, das weiß ich noch nicht. Nie gesehen. Vielleicht ergibt sich das mal im nächsten Jahr.

Gestern sind sie also eingetrudelt, Brigitte und Klaus. Na klar kenne ich die. Bei denen war ich schon einmal zu Hause. Meine Menschlinge waren zu einer Hochzeit eingeladen und ich bei Biggi und Klaus. Zwei große dicke, aber wunderschöne Katzen sind ebenfalls da zu Hause. Ich habe denen nichts getan und die mir auch nichts. Nicht einmal Fresschen geklaut. O ja, da war es wirklich schön und jetzt sind die zwei also unsere Gäste. Nur die Katzen, die sind nicht mitgekommen. Schade, satt hätten wir die auch bekommen!

In den nächsten Tagen sind wir nur auf Achse, ohne jede Hetzerei. Mal in der wundervollen Altstadt von Celle, mal bei den Externsteinen. Dann im Vogelpark Walsrode. Nur den finde ich total indiskutabel! Weil, ja weil ich da nicht rein darf. So bringen mich Mami und Papi in so einen komischen Käfig, legen mir einen Kauknochen mit rein und einen Napf mit frischem Wasser. So, Tür zu. Und nun? …türlich haben sie mir alles erklärt! Blöde Vögel! Wegen euch habe ich Einzelhaft. Dann kommt in den Nebenkäfig ein Artgenosse und der weint nur. Also bin ich der Held, besser die Heldin. Im Trösten bin ich Spitze und bald liegen wir Wand an Wand und reden so von Hund zu Hund. Ach was, so schnell vergeht die Zeit? Da sind meine näheren Angehörigen.

»So mein armer Kerl, ich muss dich jetzt alleine lassen. Aber ich schwöre, deine Leute kommen auch bald. In einer Stunde wird der Vogelpark zugesperrt und deine Menschen müssen dann raus. Tschau und vielleicht bringt uns das Schicksal noch einmal zusammen.«

Biggi und Klaus stecken mir manchmal heimlich Leckerli zu, das gefällt mir. Abends essen gehen finde ich dann besonders fein. Ihr müsstet mal unterm Tisch sitzen, kann sehr unterhaltsam sein. Vor allen Dingen dann, wenn eine Hand runter saust und was zum Naschen bringt. Daraus mache ich ein Spiel. Wem gehört die Hand, so nenne ich das Spielchen und rate immer richtig. Auch unter anderen Tischen spielen Hunde das gleiche Spiel. Man ihr Menschen, kommt doch mal auf neue Ideen!

Nur auf die Füße muss ich ständig aufpassen. Irgendwie fehlt den Menschen für die Teile die Koordination. Sie schurren, ziehen an, knautschen um die Stuhlbeine oder lassen die Unterschenkel schlicht so rumbaumeln. Dann wieder sausen die eben noch geknautschten Einzelteile urplötzlich vor. Hoch gefährlich für mich. Natürlich kommt es, wie immer, auf die Länge an.

Klaus und Biggi sind wieder fort und Mami schwer in Aktion. Kisten, Kästen und dergleichen ..., aha, es weihnachtet sehr. Jetzt ziehen wieder wundersame schöne Düfte durch die Wohnung und es wird sehr zeitig dunkel. Kerzen schimmern in die Nacht, friedliche Stille liegt auf der Welt.

Papi erscheint mit einem duftenden Tannenbaum und schmückt, lieblich singend, diesen. Eine friedvolle Zeit!

Gut, das neue Jahr ist da und mit ihm Massen von Schnee. Unser üblicher Neujahrsspaziergang führt über tief verschneite Felder. Selbst Mami und Papi versinken und manchmal liegen sie auch lang. Dann sause ich so schnell ich kann hin und lecke ihnen über das Gesicht. Ich weiß, das lieben sie. Besonders Mami mit ihrer Brille! Aber es macht so einen dollen Spaß und wir lachen ganz viel. Wie die Schneemänner kehren wir zurück und dann riecht es so wunderbar nach Stolle und Glühwein.

Im tiefen Winter macht die Mutti manchmal Eisbein mit Sauerkraut. Supertoll, der große Knochen ist immer für mich. Ja, so lasse ich mir das Hundeleben wirklich gefallen.

Wenn ich mit Dina im Schnee spielen gehe, dann macht es am allermeisten Spaß, wenn die Oma dabei ist. Dina wirft die arme alte Frau immer um und alle lachen ganz laut darüber. So also ist richtiger Winter. Das behaupten wenigstens die Menschen so. Sämtliche Kinder sind ebenfalls auf Achse. Dabei zerren sie Holzsitzgelegenheiten und Plastikschalen hinter sich her. Hoch auf eine Art Berg – eher Berglein – und rutschen auf jenen Teilen wieder runter. Wie unlogisch! Immer wieder hochrennen mit dem Rodelgerät. Bleibt doch gleich unten und werft mit Schneebällen. So etwas gefällt mir viel besser. Ich beiße in den Schnee, renne den Schneebällen hinterher und freue mich sehr, wenn Kinder, besser noch die Großen, in die weiße Pracht fallen.

Langsam wird es Frühling, die Luft riecht schon lieblich. Jeden Tag wird es länger hell, vom Schnee ist kaum noch was da und Mami korrigiert bereits meine Spazierzeiten nach hinten. So gehe ich nachmittags nicht schon um drei Uhr raus, sondern erst gegen vier. Das blöde am Frühjahr sind allerdings die vielen Regentage und heute ist es wieder einmal schaurig da draußen. Vormittags war Mami mit mir unterwegs und jetzt, also gegen halb vier, wandere ich mit Papi durch die Gegend. Es schüttet. Mami bereitet alles vor – was auch immer – denn meine Leute wollen mit mir danach zu einem dringenden Termin fahren. Also tobe ich noch ein wenig, Papi schaut derweil in der Botanik umher. Was dann wirklich geschieht, weiß ich nicht mehr so genau. Ich jedenfalls finde es viel erträglicher in der alten Ruine im Dorf. Flink klettere ich die Stiege hoch und erkunde unbekanntes Terrain. Das wollte ich schon immer, aber Mami passt hier immer auf wie ein Schießhund. Bitte was ist ein Schießhund eigentlich? Egal! Fakt ist, so eine Aktion kann nur bei Papi gelingen. Nun schnüffele ich erst einmal jeden Millimeter ab, zumal es hier einigermaßen trocken ist. O wie spannend es hier ist. Es riecht nach völlig fremden Tieren, hm, ja und nach anderen Menschen.

Müde bin ich – lasst mich in Ruh'

Derweil bricht unten die Hektik aus. Papi hat meine Spur verloren, läuft zum Feld zurück und ruft meinen Namen. »Papi, Papi, ich bin doch hier. Siehst du mich nicht, riechst du mich nicht?« Oh Gott, jetzt ist mein lieber lieber Papi weg. Was mach ich nur. Hach, da ist er! Nun aber ganz schnell an den Rand des Dachbodens, dann wird er mich schon sehen und hier runter holen. Treppen rauf, das darf ich, aber runter, streng verboten. Da werde ich getragen, wegen meines empfindlichen Rückens. Aber nein, jetzt geht der Papi wieder, Mensch, siehst du mich denn nicht? Jetzt ist es schon dunkel, habe ich eine Angst. Muss ich etwa die ganze lange Nacht hier bleiben? Mir ist so kalt, ich bin immer noch nass. Mami komm und hole mich. Aber nein, alles ruhig. Was soll ich nur machen?

Oha, ich glaube ich bin vor Verzweiflung ein wenig eingeschlafen. Da, hörst du, mein Name wird gerufen. Mami und …? Ach ja, Dinas Frauchen auch mit großer Lampe. Da laufe ich doch mal fix zur Treppe, Mami wird das schon riechen. Mist, beide sind wieder fort. Und was nun?

Warten. So kalt ist mir. Ich habe schon alles voll gemacht hier oben. Kann ja nicht runter und Angst habe ich immer mehr. Da, Mamis und Papis Stimmen kommen näher. Mami fragt Papi aus. Oh, das wird nicht lustig, beide schimpfen auf mich. Weil, ich bin weggelaufen und nun denken sie sich Strafen aus. Sollte ich besser hier bleiben und mich nicht melden? Meine Angst ist zu groß. Also einmal kurz bellen und an den Rand des Dachbodens gehen. Vielleicht bringt das Erfolg! Meine Menschlinge wollen schon wieder gehen, als Mami plötzlich sagt: »Hast du das gehört? Das ist doch Nessi.« Und Papi schaut zu mir hoch und fragt die Mami: »Kannst du was erkennen? Da ist doch was.« Und endlich hat mich meine Mami entdeckt!

»Na klar, da oben schaut Nessy zu uns. Ruf bitte Moni an, damit sie mit der Lampe hierherkommt. Ich steige dann rauf und hole unseren Ausreißer.«

Gesagt, getan, Moni kommt und beide erklimmen meine Stiege. Moni will Mami nicht allein hoch lassen, sie hält es für viel zu gefährlich. Na so ein Quatsch! Wenn nun einer entgleitet, fallen wenigstens beide. Zu blöd aber auch. Die wissen doch genau, dass unser verkappter Held da unten steht. Der mit der Höhenangst – sagt er wenigstens. Wer soll mich denn im Fall der Fälle retten? Auf Männer ist doch kein Verlass! Aber gut, die Weiberwirtschaft wird es schon packen. Schicksal, nimm deinen Lauf!

Jetzt sind sie hier oben und vor lauter Freude sause ich den ganzen Dachboden ab. Das Dumme daran ist nur, hier liegen ein paar alte Türen als Verbindung zwischen den einzelnen Balken. Nicht sehr vertrauenserweckend! Da ich aber wie von der Tarantel gestochen rumrenne, sind die Chancen auf ein Haschenspielen einseitig bevorteilt. Und doch kommt Mami auf mich zu. Klettert über diese wackelnden Türteile und hockt sich hin. Danach spricht sie ganz leise mit mir. Moni macht auf der anderen Seite das Gleiche.

»Sorry Moni, ich glaube meine Mami hat jetzt ein Lob verdient. Aber ehrlich, dich habe ich wirklich sehr lieb, zumal du dein Licht aufleuchten lässt.«

Ganz langsam robbe ich zu Mami. Noch bin ich nicht sicher, ob ich nicht doch bestraft werde. Okay, ich versuche es dennoch. Mir ist so lausig kalt und noch einmal will ich nicht so viele Stunden allein sein. Huch, jetzt hat mich Mami geschnappt. Sie nimmt mich auf den Arm und alle machen wir uns auf den Weg zu der Stiege. Langsam steigt Mami hinter Moni her, die leuchtet uns und unten kraulen mich jetzt alle drei. Meine Güte, das ist ja noch einmal gut gegangen! Erleichterung macht sich bei mir breit und das lasse ich mit einem mächtigen Stöhnen auch alle hören. Jetzt sitzen wir im Auto, fahren Moni heim und anschließend zu uns. Mami erzählt Papi, dass sie den wichtigen Termin abgesagt hat und die Leute etwas sauer waren. Kaum zu Hause geht es in die Badewanne. Ich werde shamponiert, geduscht und poliert. Jetzt liege ich in große Handtücher und eine Decke gewickelt auf der Couch und Mamis Hand ist mit eingewickelt. Sie krault mich liebevoll.

Übrigens, Strafe blieb aus.

»Mami, Papi, ich schwöre: Ich laufe nie wieder weg. Und wenn, dann gebe ich rechtzeitig Laut. Okay? Ach Papi, sei doch nicht mehr sauer. Ich mache es doch nie wieder. Versprochen!«

War das eine Aufregung und was hatte ich für eine Angst. Nun bin ich aber entsetzlich müde.

»Gute Nacht für heute. Wahrscheinlich träume ich noch von diesem Dachboden. Blöde Ruine!«

Im Juni ist hier wieder das große Zelt aufgebaut und damit ist sogar mir klar, ein Verein will wieder irgendein nettes Jubiläum feiern. Und das über mindestens drei Tage. O wie ist das aufregend. Nicht nur für uns Hunde, mehr noch für die Lebererprobten – also trinkfesten Männer. Ich bin neugierig genug und schlupfe unter das Zelt. Da wird gehämmert, gebohrt, aufgebaut und diskutiert. So und nun weiß ich, der Musikverein feiert 75. Geburtstag. Sagen die jedenfalls und stehen um ein Glückwunschband aus Stoff umher. Aber ehrlich, da steht doch eine traumhaft schöne 70 drauf? Ach so, darüber ist endlich auch einer gestolpert und was tut man bei so einem gravierenden Fehler? Logisch, man erteilt einen Ausbesserungsauftrag und anschließend bestellt man eine Runde Alkohol. Klasse, das gefällt mir. Mami hat mich ebenfalls gefunden und dreht tapfer eine große Runde mit mir. Manchmal ärgert mich das doch, dass die so wenig neugierig ist. »Erfahre ich doch rechtzeitig genug«, meint sie mit spitzer Zunge. Na und, dann wissen es doch alle. Gut, lässt sich nicht ändern, ist halt manchmal ziemlich zickig.

Endlich ist es so weit. Mit Heiden-Specktakel beginnt die Fete, freitagabends. Meine Menschen schauen erst beim Einmarsch der Kapelle zu und gehen wieder heim. Selbst als die Bundeswehrkapelle zum Krachmachen kommt, bleiben wir zu Hause. Schade, denke ich und erlebe allerdings auch den Vorteil solcher Abstinenz. Unser Ecki kommt nächtens laut polternd heim, desorientiert bimmelt er überall und will von Mami noch was Trinkbares. Na da ist er genau an die Richtige geraten! Samstag früh finden wir dann einen sehr grau-verknautschten Mitbewohner vor, der so gar nicht in den fröhlichen Umzug passen will. Aber er muss! Wie immer hat er im Sportverein das große Wort geschwungen und alle zur Teilnahme quasi gezwungen. Ganz recht so, nun dröhnt die Musik herzhaft im Ölkopf!

Wir gehen am frühen Abend auch in das Zelt und ich finde es grässlich laut, aber urgemütlich. Dinas Eltern sind ebenfalls da und man quatscht sich fest. Ich werde nach Hause gebracht und Mami erklärt mir, dass sie noch ein wenig im Zelt tanzen gehen werden. Da ich ein vernünftiger Hund bin, verstehe ich das zu schätzen, denn ich kann mich so zurückziehen und werde nicht mit Phonstärken oder Dezibel gequält.

Sonntag früh, es treibt uns erneut ins Zelt, zum Zeltgottesdienst. Eine feine Veranstaltung, dabei kann ich wirklich nett schlafen, der Pastor hat so eine sonore, einschläfernde Stimme. Nur die Musik, das Gesinge stört manchmal. O, ich erwache.

»Was ist jetzt los? Meine Güte, das riecht jetzt vielleicht irre hier.«

Es gibt Mittagessen im Zelt, Kassler mit Rotkohl. Jey, da läuft mir das Wasser in der Schnauze zusammen – und nicht nur mir. Na logisch, Mami und Papi geben mir auch ein wenig vom Fleisch ab, liebe Eltern!

Das waren die wilden drei Tage. Alles wird abgebaut, gehetzt, und getratscht wird noch weit länger. Ist eben Dorfleben. Hier kannste nichts geheim halten. Selbst wir Vierbeiner tratschen, nur verstehen das unsere Menschen nicht. Zum Glück aber auch!

Eines Tages stehen in der Wohnung lauter zusammengelegte Kartons, Umzugskartons. Aha, wir ziehen also um. Na gut! Dann war mein Ausflug auf den ruinösen Dachboden meine Abschiedsvorstellung. Komisches 2002.

Eines muss ich noch fix erzählen, obwohl es überhaupt nicht lustig ist. Jetzt, so kurz vor unserem Umzug, sind Moni und Herbi total traurig und fix und fertig. Meine liebe Dina, es gibt sie nicht mehr. Herrchen und Frauchen haben sie in den Hundehimmel entlassen müssen. Ich glaube, Dina sieht uns von da oben zu und kann es gar nicht verstehen, dass meine Eltern dadurch ohne persönlichen Abschied von Dinas Eltern fortziehen. Ehrlich, ich hätte zu gerne »tschau« gesagt, denn besonders meine Retterin Moni habe ich in mein kleines Hundeherz geschlossen. Für immer!

Jetzt wird gepackt, zerlegt, abmontiert und so spannende Sachen gemacht wie einwickeln, verstecken in Kisten und zukleben selbiger. Ich finde das sehr belustigend. Noch lustiger sind die Männer, die die Möbel tragen. Draußen sind Minusgrade und die schwitzen. Verkehrte Welt.

So, die Wohnung ist leer. Ecke kommt noch einmal hoch und betrachtet die Wohnung argwöhnisch. Der ist richtig sauer, weil er nun neue Dumme finden muss, die seine überhöhte Miete zahlen wollen. Also, Mami und Ecke werden in diesem Leben wohl keine Freunde mehr! Mami sagt dem immer ehrlich die Meinung, nur verträgt der das nicht. Dabei behauptet Ecke immer, dass er so ehrlich und gut sei und alle Welt mit ihm ebenfalls ehrlich umgehen soll. Was aber Mamis großer Nachteil ist, sie ist »nur« eine Frau. Und für Ecke zählt nur eines: Die Frau hat dem Mann untertan zu sein. So diktiert er auch seine Familie, Mutter und Frau sind Menschen zweiter oder dritter Klasse. Er und seine Söhne stehen absolut im Zenit der Familie, in der Reihenfolge. Schon ein richtiger Spaßvogel. Wenn es eine Temperaturangabe für Abschiedshändedruck geben würde, dann wäre bei Mami das Thermometer geplatzt – wegen Unterkühlung. Papi ist da anders, er hat ja den Vorteil, ein Mann zu sein, was alles erleichtert. Aber er ist einfach zu versöhnlich. Hat immer für alle und jeden Verständnis – bis zur Selbstaufgabe. Dass Mami oft genug auf der Strecke bleibt, merkt Papi nicht. Oder will er es nicht merken? Um des lieben Friedens willen? Ich weiß es nicht und Papi will wohl nicht wirklich darüber nachdenken.

Nun steigen wir in unser Auto und fahren los. Ist umziehen so etwas wie Urlaub? Egal, ich mache es mir auf der Rückbank gemütlich, werde von Mami in die Decke gewickelt und …? Na klar, ich schlafe.

Nun sind wir da. Die Männer, die schwitzenden, tragen schon wieder. Dieses Mal alles wieder aus dem großen Auto raus. Kalt ist es hier aber auch. In den warmen, sonnigen Süden ziehen, das wäre doch was. So so, ich wohne jetzt in Emmerthal. Na gut, kann ich ja nicht ändern. Auf jeden Fall habe ich einen riesig großen Garten, zwar ungepflegt, macht aber nichts. Um nicht im Wege zu stehen, inspiziere ich meinen Garten. Ah ja, Maulwürfe wachsen direkt vor meiner Tür und Mauselöcher gibt es ganz viele. Die Nachbarin hat einen Hund, einen Terrier, und deren Nachbarin hat einen Schäferhund. Genauer gesagt eine Schäferhündin. Ich glaube die mag mich nicht. Macht aber auch nichts, denn ich kann sie noch viel weniger leiden. Gegenüber wohnt Gynnes, ein Mischmaschrüde. Den kenne ich schon, der ist sehr nett. Und hier direkt neben uns, kein Hund. Dafür ein rot gestromter Kater namens Purzel. Der Erste, der vor mir Angst hat, auch nicht schlecht.

Nessy ist in solchen Sachen wie umziehen, verreisen etc. wirklich unkompliziert. Aber Schäferhunde sind ein rotes Tuch für sie. Warum? Wir wissen es nicht und Nessy wohl auch nicht. Sie wurde schon vom Labrador angefallen, vom Mischling und anderen undefinierbaren Rassen. Ja sogar heftig verletzt. Aber noch nie hat ein Schäferhund sie böse angeschaut, geschweige denn ernsthaft angegriffen. Es muss wohl der Geruch sein. Hier bewahrheitet sich der alte Spruch: Ich kann dich nicht riechen. Eigentlich ist es doch bei uns Menschen nicht anders. Nur stehen wir nicht dazu, ignorieren permanent diese Information.

Und fallen prompt auf die Schnauze. Dabei hätten wir es besser wissen müssen, Wir sind doch das intelligente Lebewesen. Und doch sind uns die Tiere so oft überlegen. So viel ehrlicher.

Seit ein paar Tagen habe ich zwei neue Freunde, Menschenfreunde. Im nahe gelegenen Hotel werde ich blendend verwöhnt. Ich bekomme Knochen, allerhand andere leckere Sachen und ganz viel Streicheleinheiten. Fein. So kann ich es gut aushalten.

Einen weiteren superklasse Freund habe ich. Wotan heißt er. Ist so ein Mischling, so ein größerer. Im Gesicht so eine Art Riesenschnauzer, am Körper eher langhaariges Kuscheltier. Auf seinem Grundstück darf ich Chef sein, toben, buddeln und aus seinem Eimer Wasser saufen. Ich habe ihm gezeigt, wie toll Mäuse fangen gehen kann. Klar, er will diese Beute nicht fressen. Dafür übernehme ich nur zu gern den Job. Zu dumm, dass Wotan mit seinem Frauchen oft erst am Nachmittag da ist. Glaube, die schlafen zu lang. Nun gut, nicht zu ändern. So lerne ich die anderen Hunde kennen. Am schönsten sind die Spaziergänge im Wald. O was gibt es da zu entdecken. Auf der einen Wiese, am Forsthaus, sind vier Pferde, drei kleinere und ein großes. Mami streichelt die immer und dann warte ich geduldig, mit gebührendem Abstand, bis wir weitergehen. Noch sind mir Pferde unheimlich. Viel zu groß und bellen können die auch nicht. In einem Haus auf unserer täglichen Strecke wohnt ein ewig aufgeregter Jack-Russel-Terrier namens Timmy. Der ist vielleicht lustig. Immer auf den Hinterpfoten stehend, erwartet Timmy mich laut bellend. Sein Schwänzchen wedelt so heftig, dass man um die Stabilität am Popo wirklich fürchten muss. Wenn wir früh genug aus dem Bett und damit auf das Gässchen kommen, treffen wir Timmys Frauchen. Hoch zu Ross und schon wieder auf dem Heimweg. Mami redet mit der Frau, streichelt Helena, das Pferd und ich? Ich sitze weitab. Sollte das Schicksal uns in einer engeren Kurve ereilen, ich meine das Treffen Pferd – Dackel, dann knurre ich sehr heftig. Je näher das Reiterpaar allerdings kommt, desto leiser wird mein Unmut und desto besser verstecke ich mich hinter Mamis Beinen. Sicher, manchmal luge ich ganz vorsichtig ums Eck. Ziehe aber ganz schnell meinen Kopf zurück, wenn das große Tier leise schnaubt. Gefährlich, glaube ich vorerst noch.

»Am besten ist es wohl, wenn ich schnöde zur Seite schaue. Sehe ich dich nicht, Pferd, so siehst du mich bestimmt auch nicht.«

Ja, ich bin schon ein ganz besonders mutiges Exemplar. Nur hasse ich Ärger und den kann man doch vermeiden. Oder?

So vergeht die Zeit. Monat für Monat, Jahr für Jahr. Ich, Nessy, bin jetzt schon vier Jahre alt.

In unserem Nebenort wohnt eine neue Hündin, rabenschwarz und so lieb, Nabu. Ein sehr komischer Name, aber dafür kann ja der arme Hund nichts. Wenn wir uns treffen, ist was geboten. Dann rasen wir wie bekloppt über die Wiesen und keiner kann uns bremsen. Nabu hat zwei Frauchen und ein Baby. Komisch was? Armes Papi-loses Hundekind!

Neulich war Martin aus Bayern mal wieder da, mit Seppi. Dann bin ich immer total aus dem Häuschen, vor lauter Freude. Seppi geht über unsere kleine Brücke ganz allein, ohne Angst. Ich laufe hektisch vor der Brücke hin und her, traue mich nicht rüber. Da kann ich das Wasser durch die Bretter sehen. Angst, hu, solche Angst überfällt mich. Natürlich versteht meine Mami das und trägt mich. Aber, wenn Seppi nicht durchfällt, dann falle ich doch auch nicht. Oder doch?

»Na gut, ich probiere es einfach mal. Hallo Seppi, nun warte doch mal.«

Geschafft. Huch, ich bin ja gar nicht in das Wasser geplumpst. Ei da schau her, einfach nur genial! Nun gehe ich jeden Tag angstfrei über Brücken aller Art. Mami freut sich auch ganz doll und streichelt mich. Manchmal machen wir Hausaufgaben, Gehorsamsübungen also. Aber ich habe damit keine Probleme, denn ich habe nichts verlernt. »Steh«, »sitz«, »halt« und »Fuß« funktionieren prächtig. Gut, ich musste mich schon auf neue Verkehrsknotenpunkte und Gefahrenstellen einfuchsen. Für einen so klugen Dackel doch nicht das Problem! Dafür darf ich meistens ohne Leine laufen.

Guten Morgen liebe Sorgen

Wir haben in Bad Pyrmont, einem nahe gelegenen Ort, eine ganz wundervolle Tierärztin gefunden. Und lieb sprechen kann die Frau Doktor. Jawohl. Trotzdem lasse ich Vorsicht walten. Immer wenn ich vom Untersuchungstisch runter darf, verkrümele ich mich unter dem Computertisch. Richtig Spaß macht das. Dann kommt Frau Doktor mit Mami in den Nebenraum, Mami bezahlt und steckt immer auch Geld in eine große Spardose. Mit diesem Geld werden Tiere, Hunde und Katzen ohne Zuhause gesponsert. In diesem Fall im Tierheim Pyrmont. Könnt ihr euch vorstellen, ohne Mami und Papi zu leben? Ich nicht. Muss ja furchtbar sein. Mami hat mir erzählt, dass manche Menschen ihre Lieblinge einfach aussetzen. An Autobahnen, in Wäldern und nur weil sie in den Urlaub fahren wollen. Dann kann man doch wohl nicht von Lieblingen reden. Weihnachtsgeschenke dieser Art sind dann, ein halbes Jahr später, lästig und werden einfach entsorgt? Was sind das nur für Menschen?

Heilsam wäre eine Gleichbehandlung. Mal bei Wind und Wetter diese Menschen tagelang an eine Leitplanke oder an einem Rasthof anbinden – ohne Wasser, ohne Essen. Vielleicht erfahren die dann mal unser Empfinden. Nur, solange wir Tiere, die besten Freunde der Menschen, gesetzlich nur eine Sache sind, wird sich nichts ändern. Politiker werden daran ebenso wenig Änderungsbedarf sehen – denen geht es doch nur um das ureigene Wohlergehen –, wie die Kirchenoberen. Bei denen heißt es immer: alles Gottes Geschöpfe, aber Tiermorde unter dem Deckmantel von Opfergaben sind seit Jahrtausenden legal. Auch heute noch und da ist doch jede Glaubensrichtung gleich.

»So, das musste mal deutlich gesagt werden!«

Frau Dr. Stein hat mich operiert, das heißt mehr genäht, am Hals. So eine doofe Labradorhündin aus Amelgatzen hat erst gespielt mit mir und dann einfach zugebissen. Und deren Frauchen? Die schaut nur dümmlich und sagt den Satz, den Besitzer von Beißern immer strapazieren:

»Das hat mein Hund noch nie gemacht …«

Blödsinn, die sind nur zu faul, ihre Köter anzuleinen, müssten dann ja auf das Tempo ihres Tieres eingehen. Und was sind die meisten dieser Hundebesitzer? Richtig, übergewichtig und lauffaul!

Meine Güte, ist die gute Frau aufgeregt. War wohl ne heikle Stelle, die da durchgebissen wurde. Nun sollen wir jeden Tag in die Sprechstunde kommen, Verbandswechsel. Irgendwie hasse ich Tierärzte, ein wenig wenigstens, besser gesagt, den Praxisgeruch. Aber diese Frau Doktor muss man einfach lieb haben. So eine zauberhafte kleine Person, immer liebevoll, immer so warmherzig. Dennoch, die Tierpraxis bleibt mir ab sofort suspekt. Da zittere ich im Wartezimmer, es sei denn, mein Wotan hat auch einen Termin. Dann vergesse ich jede Angst … War da etwa was? …

Mein erstes Weihnachten in Emmerthal war vielleicht aufregend. Martin, Anita, Xeni und Seppi waren da. Heiligabend verlief so harmonisch und schön. Die Menschen sind in der Mitternachtsmesse gewesen und wir Hunde haben uns mit den Weihnachtsgeschenken, unseren Geschenken, beschäftigt. Kauknochen in Form eines Schuhs und der mit anderen Leckereien gefüllt. Vor allem aber die so toll quietschenden Bälle haben es uns angetan. Zugegeben, die Menschen brauchten starke Nerven. Aber manchmal brauchen wir die auch, bei unseren Menschen.

»Also los Leute, weiter quietschen!«

Ein wundervoller Tag!

Die Feiertage sind überhaupt schön, die Musik, das feine Essen und so weiter. Zweiter Feiertag, Seppi ist, genau wie wir zwei Mädchen, zum Pieseln draußen, abends also. Nach ein paar Minuten kehren wir erfolgreich zurück. Und Seppi? Weg. Keiner weiß wo. Jetzt beginnt eine wilde Sucherei. Martin macht sich auf in den Wald, Mami im Garten und Papi bleibt mit Anita im Haus, genau wie wir. Die Zeit vergeht, kein Seppi da. Und dann flippt Anita aus. Nach den ganzen Schimpfkanonaden gegen den armen, unschuldigen Martin schlägt sie nun wie geistesgestört auf den Küchenschrank ein und schreit gerade so, als würde Seppi ihr Hund sein. Dabei kümmert sie sich doch nur bedingt um die Tiere. Papi fragt sie ganz süffisant:

»Was ist denn jetzt los? Meinst du nicht, Martin findet ihn? Also lass die Möbel heile.«

Nun ist Anita erst recht beleidigt – man hat sie nicht ausreichend bedauert. Ihren Hang, Mittelpunkt zu sein, haben alle ignoriert. Sch… aber auch. So plötzlich wie die Show begann geht sie vorbei. Da der Applaus fehlt, lohnt weitere Mühe nicht. Noch ein wenig schmollen und dann zur Tagesordnung übergehen. Ja so ist sie, unsere Anita. Was aber nicht heißt, dass ich sie nicht mag. Nein, weit gefehlt. Aber manchmal ist sie halt sonderbar.

Natürlich ist Seppi wieder aufgetaucht, Mami hat ihn gefunden. Zufällig. Bei unserem Nachbar ging nämlich, ohne ersichtlichen Grund, das Licht in der offenen Garage an.

Bewegungsmelder nennen die Menschen den automatischen Lichtmacher. Jetzt ist er ausgelöst von Seppi und schon kam er im Sauseschritt angerauscht. Nach einigen Stunden war die ganze Hektik vorbei und Seppi gebadet, von Herrchen Martin kurz verhauen und anschließend gut eingewickelt, zum Trocknen sozusagen »aufgehängt«. Martin sah aus wie eine Sau. Im dunkeln Wege abrennen, was er so rennen nennt und schon ..hat's dich g'schmisse …! So sagen es die Bayern und ich könnte es wirklich nicht besser sagen. Jedenfalls darf Martin danach auch in die Wanne und sein Zeug in die Waschmaschine.

Gleich nach den Feiertagen sind die Bayern heim und ein Tag vor Silvester wir hin, nach Bayern. Anita musste zurück, wegen des Jobs und wir haben Verständnis dafür.

Hier geht es zu wie immer, etwas hektisch, aber fröhlich. Mami hat eine größere Diskussion mit Martin. Ich würde es ein richtig ernsthaftes Gespräch nennen und Martin scheint zwar nicht glücklich, aber fühlt sich verstanden. Lebenshilfe nennt er das und komischerweise hört Martin eher auf Mami als auf meinen Papi. Dabei geht Papi viel zarter mit dem Jungen um!

Wie schon einmal erwähnt, Mami ist brutal ehrlich und schonungslos, mitunter dadurch ein wenig spröde.

»Aber der Kerle braucht das ...«, behauptet Mami und irgendwas scheint dran zu sein. Nun sind die Wogen geglättet, vorübergehend wenigstens. Der Männereinkauf wird gestartet. Papi und Martin kaufen für die Silvesterparty ein, ewig. Stunden vergehen und wir unterliegen dem weiblichen Charme, gehen mit Mami ins Feld, toben wie bekloppt. Wir genießen einfach nur und wir, das sind wir drei Dackel. Bei Mami dürfen die beiden anderen Vierbeiner im Feld frei rennen und laufen komischerweise gar nicht weg. Manchmal müssen wir Mami haschen, denn dann läuft sie im Schweinsgalopp vor uns her. Hei, das ist ein Vergnügen! Nach beinahe zwei Stunden kehren wir heim und sind erst durstig, dann hungrig und am Ende hundemüde. Im wahrsten Sinn des Wortes.

Als wir aufwachen, sind unsere Männer zurück, mit Tüten, Kästen und Kisten. Männereinkauf eben! Und schon mault Anita wieder. Worum es geht, interessiert mich nicht, ich besetze Seppis Körbchen. Hausbesetzerszene in Bayern sozusagen. Menschen sind schon merkwürdige Leute. Sind die wirklich mal so richtig zufrieden? So wie unsereins zum Beispiel. Ein wohliger Stöhner und alles ist zur Zufriedenheit erledigt. Versucht es doch einfach einmal, kann doch nicht so schwer sein.

Da es schon sehr früh dunkel wird, geht Mami mit uns relativ zeitig die zweite Runde. Dieses Mal müssen wir alle an die Leine, denn Mami fürchtet die vorzeitige Knallerei. Also so Werfen von Silvesterknallern, die uns Vierbeinern schreckliche Angst machen, und in aller Regel laufen wir dann total verängstigt auf und davon. Ich weiß von Mami, dass Bambi, ein Tibetterrier von Bekannten, auf diese Weise zwei Wochen unauffindbar war. Erst danach fand ein Anwohner das halb erfrorene, halb verhungerte Tier in seinem Holzschuppen. Damit uns so etwas erspart bleibt, fügen wir uns dem Leinenzwang – widerwillig. Und wirklich, ständig ballert es irgendwo. Unheimlich ist das schon und so zeigen wir recht schnell und ganz deutlich an, dass wir zurück wollen. Schnell die Haustür zu und Ruhe.

O, wie fein es hier riecht. Sehr verlockend, da gehe ich fix in die Küche – dem Zentrum guten Geruchs. Papi und Martin stehen am Herd, diskutieren, lamentieren, kosten und streiten erneut.

»Na so ein Blödsinn, dann gebt es mir und aller Streit hat ein Ende.«

Aber nein, die Herren wollen mich einfach nicht verstehen. In der Zwischenzeit haben sich Xeni und Seppi ebenfalls eingefunden und nun sind die Männer gefordert. Wunderbar, es klappt. Immer fällt, bedauerlicherweise, ein Häppchen zu Boden. Dann heißt es schnell sein, sonst hat ein anderer es gefressen. Irgendwann ist mir das zu blöd und ich ziehe mich in meine Ferienwohnung, Seppis Korb, zurück.

»Ich bin doch nicht euer Zirkushund, der nach Happen springt. Ich bin doch von Adel und habe das nicht nötig … pöh …«

Logisch, auch das funktioniert. Jetzt kommt erst Papi und dann der Martin, jeder mit einem riesigen Leckerli, nur für mich.

In der Zwischenzeit ist auch Anita in der Küche eingetroffen und will das Zepter übernehmen. Aber keiner lässt sie, denn heute ist Männer-Show-Time! So haben es alle Menschlinge beschlossen, vorher und so bleibt es. Unsere Anita scheint angefressen zu sein, denn unentwegt meckert sie rum. Sogar mit Mami und die hält sich nun wirklich aus der Männerdomäne des heutigen Abends heraus. Meine Mami erscheint nur dann in der Küche, wenn sie gerufen wird und Fragen beantworten soll oder wertvolle Tipps geben kann. Und das ist ziemlich oft der Fall.

Endlich betreten die beiden Frauen hochoffiziell die Küche, um den großen Tisch festlich herzurichten. Hui, sieht das Klasse aus! So mit Kerzen, bunten, glitzernden Gläsern und bunten Papierschlangen. Papi und Martin brutzeln noch immer, während die Damen, zwecks Verschönerung, in die obere Etage entfleuchen. Dann tauchen sie wieder auf! Und wie! Chic und fein duftend, beinahe so schön wie der Tisch. Anita hängt sich prompt noch eine Luftschlange galant um den Hals und will Mami ebenfalls damit beglücken. Aber nein, Mami hat sich wieder zickig, lehnt das Papier einfach dankend und vehement ab. Scheint auch von Adel. In der Zwischenzeit wollen die Männer in nichts nachstehen – sie sind ebenfalls zur Rekonstruktion der eigenen Schönheit entschwunden. Das wird dauern!

Die Chance für Anita für das Fondue eigene Soßen zu erstellen, denn wegen der gekauften maulte sie den ganzen Abend rum. Schade, das bringt sicher gleich wieder Ärger, denn da fühlen sich die Männer bestimmt hintergangen. Und genau so ist es. Ein feiner Streit bricht los. Nicht laut, aber mit deutlichen Worten. Nun ist Anita wieder eingeschnappt, denn bis auf die Wahrheit kann sie alles vertragen. Wir Dackel ziehen uns auf leisen Pfoten zurück, gemeinsam mit Mami, die ihren Senf längst dazugegeben hat. Mami beschließt, sehr zu unserer Freude, eine Schmuse- und Kraulestunde zu geben.

»Hmmm, das ist schön. Zankt Ihr euch ruhig weiter, solange wir mit Mami dafür schmusen können.«

Kaum zu glauben, aber wahr, die anderen geben Ruh'. In der

Küche duftet es nach rohem Fleisch, anderen feinen Sachen, die ich nicht genauer definieren kann.

»Hey, Seppi, Xeni, besser wir finden uns jetzt in der Küche ein. Da ist was im Busch. Wahrscheinlich gibt es was Tolles zu essen. Die sitzen nämlich schon am Tisch. Los, zackig, nicht dass wir was verpassen.«

Unter dem Tisch müssen wir nicht lange bleiben und sitzen kurz danach auf der Eckbank. Seppi ist zu forsch vorgegangen, bekommt einen Nasenstüber und muss in die Ecke. Auch Xeni übertreibt ihre Bettelmasche bei Weitem, sie springt einfach auf den Tisch. Mit Martins Hilfe findet sie sich jetzt unter dem Tisch wieder.

»Ätsch, das habt ihr nun davon. Für mich ist es eine Selbstverständlichkeit, mich anständig zu benehmen.«

Also bleibe ich friedlich auf meinem Platz sitzen und warte, warte, warte … Dann muss ich doch eingreifen und schubse vorsichtig an Mamis Arm. Nicht dass sie mich am Ende vergessen hat, hier an diesem Platz. Jetzt ist die Zeit gekommen, wir erhalten alle drei etwas von den Köstlichkeiten. Das Essen geht über mehrere Stunden und läuft sehr harmonisch ab. Ein schöner Jahresabschluss. Unsere Menschlinge räumen den Tisch ab – schade. Aber jetzt kommen Naschereien an die Reihe, auch nicht schlecht. Die Menschen trinken aus den bunten Gläsern unterschiedliche Weine und reden so vor sich hin und miteinander. Zeit für mich, mal wieder an meine Schönheit zu denken, einfach etwas schlafen legen. Geht auch auf der Bank. So versäume ich wenigstens nichts.

Ich weiß nicht wie lange und was ich geträumt habe, aber auf einmal kommt richtig Bewegung in die Gesellschaft. Sektgläser stehen auf dem Tisch, Anita würgt eine dickbauchige Flasche und alle schauen zu. Dann beginnt draußen ein Heidenspektakel, es knallt, leuchtet bunt auf und die Menschen rufen irgendwas. Auch hier drinnen prostet man sich zu, umarmt sich, schenkt Küsschen – nur zum Teil, und wünscht sich: »Ein gesundes neues Jahr!« Am Ende sind wir Felltiere auch noch dran, man herzt uns, schenkt Bussi und wünscht das Gleiche. Aha, das ist also Silvester! Muss ich für so ein Theater wirklich so viele Stunden warten? Das wäre doch in zwanzig Minuten machbar: heftig streiten, nicht an Verabredungen halten, sich schminken und dann »Prost Neujahr« rufen!

»Okay, okay, das Essen habe ich nicht mit berechnet. Gut, das lasse ich mal außer Konkurrenz.«

Endlich ist der Lärm vorbei, weitgehendst jedenfalls. Nachbarn kreuzen auf, stoßen auf das neue Jahr an und so füllt sich die Küche, der Tisch mit Gläsern und mitgebrachten Sachen. Man unterhält sich. Wer mit wem und über die gesamte Tischgröße hinweg, ich sehe nicht mehr durch. Wie schaffen Menschen das?

»Meine Güte ist das eine Hektik hier. Wisst ihr was, ich mache mich vom Acker. Nur vorher noch auf die hauseigene Wiese und dann ab ins Körbchen.«

Gesagt, getan, alle sind wir auf der Wiese gewesen und jetzt will ich meine Ruhe haben. »Gute Nacht dann auch.«

Neujahr 2003. Ein sonniger, kalter Morgen. Alle sind gut ausgeschlafen und finden sich zum Frühstück ein. Man redet noch einmal über Silvester, also voriges Jahr, lacht über die eigene Spießigkeit und beschließt, einen langen Spaziergang zu machen. Kaum angezogen, veranstaltet Xeni ihr übliches Geschrei, Seppi beißt unentwegt in seine Leine und beide bellen wie die Bekloppten. Natürlich vor Freude. Aber muss man da wirklich so verrückt spielen? Ich gehe eben jeden Tag zweimal spazieren, ohne so ein Affentheater. Vielleicht liegt es ja daran, dass die beiden Dackeleien das nicht gewohnt sind. Die haben mir nämlich erzählt, dass sie maximal in den Garten dürfen und niemand mit ihnen ausgedehnte Wanderungen macht.

Deshalb freuen sie sich immer so wahnsinnig auf unseren Besuch. Weil, da geht Mami auch mit ihnen so ganz lange raus und das finden die beiden einfach irre. Nun gut, zeige ich mal wieder Verständnis und benehme mich so, wie ich es immer tu.

Da draußen vom Walde, da komm ich her

So stromern wir durch den Wald, ich darf als Einzige ohne Leine gehen, stöbern über waldnahe Felder und dürfen am Schluss alle gemeinsam auf einer großen Wiese toben. Alle ohne Leine. Hey, macht das Spaß. Martin, Mami und Papi toben richtig mit, rennen mal weg, verstecken sich und rennen dann wieder direkt auf uns zu. Martin ist komplett aus der Puste. So viel hat er sich wohl seit Jahren nicht bewegt. Anita hält sich dezent zurück. Erzählt was vom geschädigten Knie und damit könne sie nicht und so. Quatsch, das Übergewicht lässt so eine Bewegungsvielfalt nicht zu. Obwohl, Martin ist auch fernab von schlank. Aber der lässt sich tatsächlich von Papi und Mami jagen und macht alles mit. Als wir nach mehr als zwei Stunden wieder daheim sind, fallen wir Hunde nur noch müde in eine Ecke und schlafen.

Nachdem der Abend, der Neujahrsabend so richtig gemütlich ablief, packen Mami und Papi wieder ihre Sachen. Morgen geht es zurück. Auch nicht schlecht, dann habe ich meine beiden endlich wieder nur für mich alleine.

Zurück in Welsede, aha, nichts Aufregendes geschehen während unserer Abwesenheit. So besuche ich nach dem ersten Rundgang meine Leutchen vom Hotel »Welseder Hof«, Futter abholen, streicheln lassen und so angenehme Dinge eben.

»Hallo liebe Grete, lieber Wolfgang, wir sind wieder hier. Habt ihr Feines für mich eingefroren? Toll, ich habe euch wirklich sehr lieb.«

Mit einem großen Eimerchen voller eingefrorener Fleischreste und ausgerüstet mit unzähligen Streicheleinheiten geht es heim. Nein, ist das schön, da wartet schon Frau Meier mit Terni. Beide begrüßen mich und meine Mami, man schwatzt noch, und wir braven Hunde warten geduldig. Terni will mit seiner Mami ebenfalls eine große Runde drehen. Dabei sieht Terrier Terni gar nicht gut aus, ein wenig blass und atmet ziemlich schwer.

So vergehen die hässlichen Wintertage nur langsam. Immer heftiger Wind, viel Regen und dadurch eklig kalt. Meine Mami friert oft und ich manchmal auch. Was hasse ich dieses Wetter, diesen norddeutschen Winter. Entweder richtig kalt, möglichst mit Schnee, oder gleich Frühling! Bis dahin ist es ja zum Glück nicht mehr weit, es ist schon gleich März.

Mami ist heute viel beschäftigt. Läuft hin und her, immer zum Kleiderschrank. Öffnet Kisten und Kästen, nimmt was vom Bügel, legt es zusammen und weg damit. Wahrscheinlich Altkleidersammlung. Gut, ziehe ich mich auf meine Couchecke zurück. Halt – was ist das denn? Nix da Altkleidersammlung. Da stehen wieder diese merkwürdigen Kisten, im Volksmund Koffer genannt. Sieht verdammt nach Ferien aus.

»So Mami, wann sagt ihr mir, was hier läuft?«

Mami versteht meinen fragenden Dackelblick sofort, nimmt mich auf den Schoß und erklärt:

»Ja meine liebe Nessy, morgen früh, sehr früh, fahren wir in den Winterurlaub. Nach Österreich. In der Pension lebt auch ein Hund und ich hoffe, ihr versteht euch. Auf jeden Fall lernst du mal richtigen Schnee kennen.«

Was habe ich gesagt, Urlaub. Urlaub klingt gut. Aber Österreich, anderer Hund und Pension, da habe ich so meine Zweifel. Gut, erst einmal abwarten – kommt Zeit, kommt Österreich! So trolle ich mich doch in Richtung Wohnzimmer und überlasse meine Menschlinge, denn Papa läuft jetzt ebenfalls wie ein aufgescheuchtes Huhn mit Bergen von Sachen umher, ihrem Schicksal.

Papi hat das Auto gepackt und glaubt doch allen Ernstes, ich hätte das nicht geschnallt. Dennoch luge ich vorsichtig in die Küche, aha, da steht er! Mein Verpflegungskorb für Reisen. Bereits gepackt, nur meine Thermosflasche fehlt noch. Also gut, schnell die letzte Runde drehen und dann ab ins Bett, morgen heißt es zeitig aufstehen.

Ich weiß nicht, wie spät es ist oder besser, wie früh. Auf jeden Fall sind Mami und Papi fertig angezogen und frühstücken. Wie kann man nur so früh was essen?

Na typisch, nicht einmal so früh vergisst Mami mein morgendliches Zähneputzen. Gebürstet werde ich auch noch und dann kommt wieder dieses Gestell um meinen schönen Rumpf. Will heißen, ich werde angegurtet im Auto. Na klar, dann dauert die Fahrt etwas länger. Länger als zum Supermarkt. Schnell noch einmal pieseln gehen und dann nichts wie schnell ins Auto springen. Sonst vergessen die mich noch! Wunderschön in meine Decke eingemummelt setze ich meinen abgebrochenen Nachtschlaf fort.

Ewig fahren wir schon. Aber jetzt werde ich losgemacht und wir wandern eine ganze Weile durch ein Waldstück, über ein kleines Feld und zurück. Somit kann ich alles Angestaute in meinem Innern loswerden, werde heftig gelobt dafür und wir gehen in eine Art Laden.

»Wow, hier riecht es ja toll, Papi. Wo ist eigentlich Mami? Ach so, auch mal lösen. Nein? Was Feines kaufen, auch für mich? Na prima.«

Klasse, ich habe ein Paar Würstchen vertilgt, gut getrunken und warte geduldig, bis es meinen Menschen auch so ergeht. Dann geht es wieder eine winzige Hunderunde lang durch das Waldstück und erneut in das Auto. So, so, eine Raststätte war das also. Na egal, Hauptsache schön warm und Leckerei.

Das Ganze wiederholt sich noch zweimal und dann sind wir da, sagt jedenfalls Papi. Endlich darf ich auch raus, bin doch wahnsinnig neugierig. So aufregend ist es nun auch wieder nicht. Ein Haus mit einer Tür. Irre! Papi läutet und Mami zieht sich hinter seinem Rücken zurück, wie immer. Eine kleine Frau macht auf und kurz danach stehen wir alle im Flur. Das also ist eine Pension! Und wirklich, da ist ein Hund. Ach Quatsch, ein großes schwarzes Ungeheuer, der immer mit seiner Tatze auf meinen Rücken haut.

»Hey du Tier, das schätze ich nicht. Lass das, ich hass das. Verstanden?«

Schwerhörig ist der auch noch. Die zweite Frau, die jetzt das Ungeheuer zu beherrschen versucht, gefällt mir. Groß ist sie, na passend zum Hund. Mit einer feinen sonoren Stimme. Überhaupt, beide Frauen finde ich gut, einmal eine tolle Stimme und einmal schön klein und mit ganz lustigen, lachenden Augen.

»Gut, ich adoptier euch. Einverstanden?«

Die verstehen mich nicht richtig, beherrschen dackelinische Aussprache noch nicht so perfekt. »Aber das bringe ich euch schon bei. Nur – haltet mir das Ungeheuer vom Leib.«

Wir sind jetzt in unserem Zimmer und ich erobere sofort die Terrasse. Mensch, liegt hier viel Schnee. Aber auch verdammt kalt in eurem Walchsee. Ich warte erst einmal ab und schaue beim Auspacken zu. Interessant, es verschwindet wieder in Schränken und Kästen. Nur mein Korb bleibt in Sichtweite stehen. Auch mein Näpfchen ist aufgestellt, gut so. Dann erfolgt der unvermeidliche erste Spaziergang. Ehrlich, Spaß macht es schon, denn ich rausche durch den Schnee und vergnüge mich in der weißen Pracht nach Herzenslust. So schön weiß, so schön viel und nicht so nass, ei der Schnee ist grandios. Wenn es nach mir ginge, dann würde ich gar nicht mehr rein wollen. Leider muss ich meinen Menschen Recht geben, bei minus zweiundzwanzig Grad verliert man schnell das Gefühl für Auskühlung. Drinnen wärmen wir uns auf und gehen am Abend in ein Hotel essen. Mit dem Pensionshund probe ich die erste Annäherung. Max heißt er, ist ein junger, sehr junger Briard. Französischer Hütehund. Na logisch, wenn der französisch ist, hat er uns nicht verstanden. Was heißt: sofort aufhören, auf Französisch? Typisch, die reden weiter deutsch mit dem. Wie soll der mich denn jemals verstehen? Ach so, die Rasse ist aus Frankreich. Der Kerle selbst im deutschsprachigen Raum zur Welt gekommen. Und warum kann der nicht hören, ist der taub? Okay, verstehe, noch zu jung und ungestüm. Nun gut, verstecke ich mich eben immer. Dabei riecht der so richtig toll nach Hund. Vielleicht kann ich den ja ein bisschen nach meinem Geschmack verbiegen. Zwei Wochen bleiben wir ja und wir werden sehen.

Es ist wunderschön hier und lausig kalt. Dennoch frieren wir alle lange nicht so wie in Norddeutschland. Meine Runden sind kürzer als sonst – wegen der Auskühlungsgefahr, aber einfach toll. Neben Max habe ich noch Julchen kennen gelernt. Eine süße, undefinierbare graue Hundedame. Die hat keine Angst vor Maxl, so rufen ihn alle in Wirklichkeit. Na dann kann ich ja auch aus meinem Mauseloch vorkommen und Sozialverhalten üben. Geht doch, habe ich doch immer gesagt. Huch, da ist der große Kleine wieder mit seiner Tatze. Besser Fluchtweg suchen und weg!

In der zweiten Woche nimmt mir irgendwer den ganzen Schnee weg. Heiß ist es, richtig heiß. Wir liegen ab Mittag auf der Terrasse und lassen uns die Sonne auf den Bauch scheinen. Dann folgt der Kaufrausch, denn meine Menschen sind auf Winterurlaub eingestellt und haben entsprechend den Koffer bestückt. Also ab nach St. Johann, kurze T-Shirts kaufen, Bermudas müssen auch noch mit und natürlich eine Sonnenbrille für Papi. Die aber kauft er sich in Bad Reichenhall. Da fahre ich besonders gerne hin. Weil, zuerst wandern wir rund um den Tumsee, was wunderschön ist. Überall Berge und die haben noch weiße Spitzen, während ich hier unten hechel und den Tumsee aussaufe. Und wenn wir dann durch Reichenhall schlendern, erreichen wir zwangsläufig *Reber*. Ein tolles Kaffe und ganz viele süße Marzipansachen, Kuchen, Torten und Spezialitäten aus und mit Kaffee. Hmm, da riecht es so abartig gut, fast schon narkotisierend toll. Ich jedenfalls liebe *Reber* und Bad Reichenhall, oder umgekehrt? Egal, hier will ich wieder hin!

Pensionsdamen scheinen Unmassen Wein zu haben, denn Mami und Papi verkosten aus ganz vielen Flaschen dieses anrührende Getränk. Logisch, Papi kauft dann so ein, als würde man es ab morgen verbieten.

»Papi, hast du schon den passenden Güterzug bestellt? Oder wie soll das am Samstag nach Norddeutschland gelangen? Meinen Platz gebe ich nicht her. Klar?«

Manchmal muss ich einfach eingreifen, sonst vergessen die mich und meine Ansprüche noch. Die räumlichen Ansprüche, meine ich, denn sonst bin ich glücklich, wenn meine Menschen da sind.

Unglaublich, Papi hat alles verstaut. Koffer, Tüten, Flaschen und Kisten mit Flaschen, Weinflaschen. Und wir, also ICH und Mami, haben tatsächlich unseren Platz behalten. Wie aufregend. Schade, nun heißt es Adieu sagen. Mit diesem Maxl ist es auch einigermaßen gut gegangen. Traurig sein muss ich nicht, im August kommen wir wieder her. Ich will aber traurig sein!

So, nun bin ich wieder zu Hause und muss erst einmal abwarten. Meine eifrigen Eltern packen nun alles wieder aus, versuchen es ins Haus zu schleppen, einzuordnen und schwitzen nicht schlecht dabei.

»Ist euch etwa warm? Verstehe ich nicht. Ich trolle mich erst einmal Richtung Terrasse, auf meine Liege. Könnt mich ja holen, wenn es aufs Gässchen geht.«

Ehrlich, es ist wirklich unglaublich warm und das im April. Nach Stunden ist es endlich so weit, wir gehen unsere Runde. Ja ist das unglaublich aufregend, alle sind noch hier. Zum Schluss verweile ich bei meinem Freund Wotan. Nun können wir richtig toben, naschen und überhaupt uns wieder neu kennen lernen.

Auch meine Hotelbesitzer warten schon auf mich, natürlich mit Knochen und frischem Fleisch. Leider alles noch eingefroren.

Beim zweiten Spazierweg treffen wir eine Frau mit ihrer Tochter. Im Grunde genommen nichts Besonderes, aber dann beginnen die Fragen. Dieses Töchterlein nervt ihre Eltern seit Monaten, weil sie unbedingt einen Hund haben will. Natürlich ist sie lieb zu mir. Streichelt mich ausgiebig und fragt Mami ein Loch in den Bauch. Was so ein Hund frisst, wie oft er gebadet werden darf, zum Kämmen, Bürsten und viele andere Sachen mehr. Immer quatscht diese Mutter dazwischen, aber jetzt übernimmt mein Frauchen das Kommando. Sie erklärt dem Mädchen haarklein, welche Verpflichtungen mit mir und meinesgleichen verbunden sind. Und wirklich froh schaut die Kleine nicht mehr drein.

»Ja mein Zuckerpüppchen, wir machen schon einen Haufen Arbeit. Wir sind wie Kinder, Kleinkinder.«

Am Ende sieht meine kleine Freundin ein, dass jetzt der Wunsch noch ein frommer ist und nicht realistisch. Ihrer Mama fällt ebenfalls ein Stein vom Herzen und die Schweißperlen auf der Stirn verschwinden langsam. Fein hat das meine Mami alles erklärt. So wird wenigstens ein anderes Hundetier vor Einsamkeit und Falschbehandlung bewahrt. Nicht nur dass wir kosten, nein, wir benötigen viel Zeit. Wir sind nämlich Lebewesen, auch wenn die Gesetze das anders sehen.

Damit das Kind aber nicht gar so desillusioniert nach Hause muss, einigen wir uns darauf, dass sie immer mit spazieren kommt, wenn sie uns sieht.

So sehr ich jeden Wunsch nach einem Haustier verstehe, so sehr bin ich für grundlegende Aufklärung im Vorfeld. Welches Tier ist überhaupt sinnvoll? Welche Aufgaben, Kosten und welcher Zeitaufwand sind damit verbunden? Jeder muss sich dessen bewusst sein, hier kommt ein Lebewesen und nicht nur eine Sache ins Haus. Gesetzgeber verweigern diesen Anspruch, prangern aber nur zu gern Tierquäler an. Und was passiert danach? Eine Strafe gibt es kaum, weil Tier eben nur als Sache behandelt wird. Schizophren, nicht wahr?

Dieses Frühjahr und dieser Sommer grenzen an tropische Zustände, also eine Affenhitze. Ich liege fast den ganzen Tag mal auf meiner Liege in der prallen Sonne oder im Schatten, an der Couch im Wohnzimmer. Mami geht ganz früh und ganz schön spät auf die Hunderunde mit mir. Dann ist es wettertechnisch erträglich. Scheinbar machen das alle Hundemenschen so, denn jetzt treffe ich alle Kumpel und Kumpelinen abends um halb neun Uhr. Immerhin kann ich dann mit den Vierbeinern toben, denn die Zweibeiner schwitzen und stöhnen lieber.

Sommerferien. Nur die eingefleischten Welseder sind noch hier, alle anderen suchen die warmen Länder auf. Dabei ist das hier wirklich nicht kälter, dieses Jahr wenigstens. Aber gebucht wird im Winter und da ist es hier nur nass-kalt und ungemütlich.

Mami und Papi packen im August ebenfalls die Sachen und wieder geht es auf Tour – nach Österreich. Zu Maxl und seinen beiden Menschinnen. Früh um drei Uhr brechen wir auf. Wegen der Hitze sagt Mami. Wie immer jammert Papi, weil er schlecht geschlafen habe.

»Ist ja gut Papi, das kennen wir doch schon. Gib doch einfach mal zu, dass du nur aufgeregt bist.«

Nicht gut schlafen, aber die ganze Strecke alleine fahren wollen. Mami sagt nichts mehr dazu, ist eben ein männliches Phänomen – Autofahren können die besser. Glauben macht stark, aber glauben heißt nicht wissen!

Dann endlich sind wir wieder in Walchsee. Wieder in unserem vertrauten Zimmer und wieder kann Maxl seine Freude nur mittels Pfotentatsch verkünden. Leider tut mir das immer weh und ich verstecke mich da, wo er nicht hin gelangt. Aber sonst geht das schon richtig gut mit uns.

Hier ist es genauso heiß und dadurch fahren wir nicht so häufig durch die Gegend, was Papis Laune nicht wirklich hebt. Ein rechter Brummbär ist er dieses Mal. Selbst am Wasser ist das unabänderbar. Erst drei vorwitzige Wildenten verschönern seine Gesichtszüge. Immer wieder tauchen die vor uns auf und betrachten uns hoch interessiert. Dann sagt Mami zu Papi:

LSF 55

»Pass mal auf, gleich beißt die weiße Ente in meinen Zeh.«

Mami hat es kaum ausgesprochen, da hackt diese Ente in den Zeh und hupft sicherheitshalber Richtung Wasser. Uns bleibt nur das Lachen und diese Ente wird innerlich adoptiert!

Ja der Sommer 2003 ist von besonderer Güte – wahnsinnig heiß und trocken. Da werden die Grünen wieder von Klimakatastrophe reden – aber nur um noch mehr Geld zu erzwingen – von den Menschen. Und wofür? Das fragen sich meine Eltern auch, denn die größten Umweltverschmutzer sind nun mal die Politiker selbst. Wer fährt denn die Luxuskarossen mit ungebremstem Spritverbrauch? Wer fliegt denn am meisten mit der Flugbereitschaft durch die Weltgeschichte? Macht ja nichts, kostet ja nicht unser Geld – der Bürger darf deren Luxus finanzieren. Ja, ja – Wasser predigen und Champagner genießen – kennen wir doch seit der Steinzeit.

Mit den Mädels, so nennen meine Eltern die Pensionsbesitzerinnen heimlich, verbringen wir viele nette Stunden, grillen abends, toben mit Maxl und genießen, selbst Papis angespannte Launen. Am Abreisetag duzt man sich, also Claudia und Gisela. Auch Maxl darf mich duzen. Die Mädels sind auch wirklich lieb. Na dann tschüss bis zum nächsten Mal.

Nach vielen Stunden treffen wir wieder zu Hause ein. O ja, ich bin fix und foxi, es ist immer noch so heiß.

Mama und Papa packen, wie immer, sehr lange aus und dann gehe ich aufs Gässchen. Muss doch sehen, ob alles in Ordnung ist. Gleich nebenan wartet schon Terni, der Terrier. Dem armen Kerl geht es nicht gut. Sein Frauchen erklärt sofort, dass er herzkrank ist und Wasser im Gewebe eingelagert sei. Was das Letzte bedeutet, verstehe ich nicht. Wasser im Napf, ja das kenne ich. Aber im Gewebe?

Nun muss er täglich Tabletten nehmen. Vergleichsweise ist er bereits ein Greis, mit seinen elf Jahren.

Ist das schon der Beginn der Abschiedsphase? Die Frage beschäftigt mein Frauchen, ich spüre das.

Obwohl es Abend ist, laufen wir nicht allzu lange. Erstens bin ich kaputt und zweitens ist es noch viel zu warm.

An diesem Abend geschieht nicht mehr viel und wir fallen todmüde in unsere Betten. Ich träume von Maxl, vom See und dem lustigen Dialekt der Leute in Österreich.

Gute Nacht, also.

Endlich ist es morgen und ich kann endlich in mein Hotel, zu Grete und Wolfgang gehen. Ist das eine Wiedersehensfreude! Ihre Tochter ist auch da und somit eine lange Krauleinheit gesichert, aber immer schön der Reihe nach. Jeder bekommt seine Chance und ich genieße diese Streicheleinheiten wie wild. Natürlich gibt es auch einen Fetzen frisches Fleisch und ein Eimerchen mit eingefrorenen Fleischresten. Nimmt Mami auf dem Rückweg mit heim.

»Los Mami, mach mal etwas fixer. Ich will endlich zu meinem Freund Wotan. Der wartet doch längst auf mich!«

Also ab, weiter geht's. Kurzer Zwischenstopp noch bei Helga, Streicheleinheiten einsacken und dann auf flinken Füßen zum Tannenweg. Schon von weitem höre ich sein Gebelle. Da hält mich dann nichts mehr, ich nehme ein rasantes Tempo auf.

Die Ohren stehen im Wind und Nessy ähnelt eher einer Fledermaus – jetzt ist jedes Rufen zwecklos. Wenn Hunde lieben, dann mit aller Konsequenz! Und Wotan ist nun mal der absolute Liebling. Vielleicht noch mehr sein Frauchen? Jedes Mal zaubert sie Leckerli aus den Taschen. Ja es ist wohl so, ein »leerer« Magen macht charakterlos, wenigstens ein bisschen.

Wir sind nun wieder eine ganze Weile zu Hause und ich muss von einer neuen Freundin erzählen. War das aufregend! Wie so oft war ich mit Mami on Tour, tobte auf meiner frisch gemähten Wiese umher, als ein undefinierbares, schwarzes Geschöpf geradewegs auf mich zu schoss. Mami war stehenden Fußes bei mir und der fremde Hund, ein Labrador, verharrte erst einmal abwartend und Schwanz wedelnd. Kurze Zeit später folgte auf dem gleichen Weg eine völlig aus der Puste geratene Frau und erklärte, dass Kessy, so der Name, zickig sei. Nur dachte Kessy überhaupt nicht daran, zickig zu werden. Sie kurvte um mich rum, schnuffelte und küsste mich. Ich hielt still und tat es ihr dann nach. Eine Hundefreundschaft war geschlossen.

»Ich verstehe das nicht. Kessy beißt fast alle Hündinnen und ist aggressiv zu Mädchen und hier? Na gut, vielleicht klappt es ja mit Nessy. Aber bitte, seien Sie immer noch vorsichtig.«

Kessys Frauchen warnt immer noch, obwohl wir so fein spielen. Jetzt beschließe ich der Welt zu zeigen, dass ich und sie eine Einheit sind.

»Also auf geht's, Kessy. Bellen, rennen und Faxen machen. Los, beweg dich gefälligst, hast eh Übergewicht!«

Irgendwann gibt selbst Kessys Menschin auf und fügt sich in ein gänzlich neues Bild. Kessy mag eine Hündin – wie schön.

Aber das ist längst noch nicht alles. Mami, Papi und ich sind bei herrlichem Sonnenschein gemeinsam auf Gässchen. Das bedeutet, es ist Sonntag und so zwischen spätem Vormittag und Mittag, also eher gegen elf Uhr und später. Haben auf den Wiesen getobt – Mami hat mein neues Diebesgut dabei – einen Ball an geflochtener Leine. Eigentlich bewache ich gemauste Sachen mehr, aber wenn Mami spielen möchte?! Sie wirft ihn immer weit weg und ich rase hinterher, hole ihn und warte dann ab. Zurückrennen? Ich doch nicht! Als mir das Spiel zu blöd wird, schaue ich belustigt zu. Mami versteht – du hast ihn geworfen, du holst ihn zurück. So endet diese Spielphase. Plötzlich schauen sich meine Menschen alle zwei Meter um, ich muss runter von der Wiese und bei Fuß gehen. Das bedeutet Gefahr. Wie aus dem nichts rast ein schwarzes Teil Hund mit weißem Fleck auf der Brust auf uns, speziell auf mich, zu. Der weiße Fleck ist ein ausgedehntes Lätzchen, finde ich schön. Kurz darauf erscheint die Frau dazu und alles ist klar. Der wedelnde Hund ist ein Mädchen. Ein sehr verspieltes, ganz liebes Mädchen und heißt *Nabu*. Eigenwilliger Name! Nun dürfen wir so richtig toben, Nabu flirtet mit meinen Eltern und ich mit ihrem Frauchen. Klappt ganz vorzüglich und so beginnt eine ganz feine Hunde-Mensch-Freundschaft. Wir freuen uns immer, wenn wir einander nur von weitem hören und sehen.

Wotan, Kessy, Nabu und Jette, feine Hundekumpel.

Langsam ist es Herbst und meine Mami hat Schreckliches mit mir vor. Ich soll kastriert werden, weil ich immer scheinschwanger werde. O was habe ich Angst. Obwohl, die Tierärztin ist wirklich sehr nett hier in Bad Pyrmont. Trotzdem.

Ich wache langsam auf, aber mir geht es nicht wirklich gut. Noch liege ich im Arztzimmer, aber Mami sitzt neben mir, streichelt mich. OP ist schiefgegangen, wäre beinahe verblutet und muss ab jetzt alle fünf Monate irgend so eine Spritze bekommen. Mehr kriege ich nicht mit, schlafe wieder ein.

Schon ist es Abend, so gegen achtzehn Uhr und Mami mit Papi erscheint auf der Bildfläche.

Wir fahren ganz vorsichtig nach Hause. Meine Mami streichelt mich die ganze Zeit und legt mich, zu Hause angekommen, vorsichtig auf die Couch. Nun bleibt immer einer bei mir und lässt mich keine Sekunde aus den Augen. Nachts erhalte ich noch eine Schmerztablette und fühle mich am nächsten Morgen schon viel besser. Fast noch zu nachtschlafender Zeit schellt es heftig an der Tür. Mami hat bei mir gekuschelt, ist müde und quält sich verwundert hoch. Immerhin, sie hat die ganze Nacht über mich gewacht, selbst kaum geschlafen. Und wer erscheint so früh? Meine Tierärztin, ganz hektisch, ganz aufgelöst. Sie hat angenommen, einen nächtlichen Anruf meiner Mami überhört zu haben. Sie sollte sofort durchklingeln, falls mit mir irgendwas sein sollte – war aber nicht. Tante Doktor beäugt mich, scheint zufrieden und saust ganz schnell in die Praxis. Andere Viecherlein warten gewiss schon. Mit Mami hat sie noch einen Nachmittagstermin zur Vorstellung ausgemacht und Anweisungen für mich erteilt. So darf ich maximal fünf bis zehn Minuten auf die Wies, zum Puscheln und größere Angelegenheiten erledigen. Ja was glauben die denn alle? Dass ich schon wieder lange loslaufen kann? Ich bin doch froh, wenn ich wieder im Körbchen bin.

Also alle Anordnungen befolgt und jetzt hat mich Mami ins Auto gepackt und fährt ganz vorsichtig mit mir los. Erst nur ganz kurz, denn Ternis Frauchen wartet auf der Straße, will wissen, wie es mir geht, und bedauert mich dann entsprechend. Traut sich nicht, mich zu streicheln.

»Mensch Tante Meier, ich hab's am Bauch und nicht mit dem Kreuz.«

Nach zwei Wochen ist das Gröbste überstanden und ich bin wieder ein fideler Hund. Nur mein nackter Bauch, der ist nicht mehr attraktiv.

Wieder einmal ist Weihnachten und dieses Mal sind wir allein. Sagte jedenfalls Papi. Was sich als Irrtum herausstellt. Martin wird uns beehren, mit Seppi. Ei was freue ich mich. Mami meint, dass Martin nicht nur von zu Hause ausrückt, sondern Liebeskummer hat.

»Bitte, meine lieben Menschen, was ist das denn – Liebeskummer?«

Also im Klartext heißt es dann: Martin will seine Mutti nicht sehen und seine Freundin will ihn, Martin, nicht sehen.

»Versteht ihr das? Ich jedenfalls nicht! Es bleibt dabei, Menschen sind ja so was von kompliziert!«

Je, kurz nach sieben Uhr in der Früh steht Martin vor der Tür, mit frischen Brötchen und der Bildzeitung. Klasse, Seppi saust schon wieder umher, springt zu Mami ins Bett und kuschelt. Papi bleibt auf, macht Kaffe und bald sitzen wir alle am Frühstückstisch. Die Bildung kommt, dank Zeitung auch nicht zu kurz und dann werden Pläne gemacht. Weihnachtsplan als Tagesablaufmuster.

Alle Vorbereitungen laufen ruhig und harmonisch, kein Gekeife, kein Gezanke und wir Hunde verstehen uns auch ganz prima. Mami redet viel mit Martin und der rennt manches Mal wie ein angestochenes Kalb durch die Räumlichkeiten. Immer hat er so einen Kasten, so einen kleinen schwarzen am Ohr und kaut drauf rum. Mami belehrt uns, dass das ein Handy, ein Telefon für unterwegs ist.

»Und wenn der so durch die Zimmer rennt, dann nennt man das unterwegs?«

Ich verstehe nur Bahnhof! Soll doch Mami das klären. Wir kaspern jetzt rum und werden mal in Richtung Küche traben. Da riecht es doch wieder so unglaublich verlockend.

»Los Seppi komm. Ich glaube die haben uns vergessen. Da müssen wir mal nachhelfen, meinst du nicht auch.«

Wir verbringen alle zusammen sehr schöne Weihnachtsfeiertage und gleich nach Neujahr fahren Seppi mit Herrchen wieder nach Bayern. Schade, war so schön. Sie kamen 2003 und fuhren 2004 wieder fort, ein Jahr waren sie somit da.

»Nein? Klingt aber toll, Mami. Natürlich, ich weiß doch, dass du Recht hast, aber das ist eben so ein Spaß, den man nur einmal im Jahr machen kann.«

Der Winter ist wie immer, nass, ungemütlich, kalt und schneearm. Sehr schneearm. Dabei liebe ich Schnee. Vor allem wenn es schneit. Dann macht sich Mami auch ganz fix ausgehfein und rennt mit mir durch den Flockenwirbel. Nur haben wir das in Norddeutschland sehr selten. Mami und Papi reden so komische Dinge, von Umzug nach Bayern. Und dass man das mal ins Auge fassen sollte. So richtig ernst klingt es allerdings noch nicht.

26. April 2004 Mami und ich sind auf dem Weg zu meiner Tierärztin, denn ich soll meine Spritze, die wegen der fehlgeschlagenen Kastration, erhalten. Seit der letzten Behandlung, jener Operation, befällt mich die blanke Angst vor der Praxis.

So nimmt mich Mami auf den Arm und will hinein, wird aber von einem anderen Hundebesitzer angesprochen. Ich weiß nicht so richtig, worum es geht, aber Mami setzt mich wieder in das Auto. Danach ist Mami sehr still und wirkt auch bedrückt.

»Bin ich etwa schuld? Habe ich etwas falsch gemacht, Mami?«

Aber nein, jetzt krault sie mich, ohne ein Wort zu sprechen. Mir gefällt das nicht, wenn Mami oder Papi bedrückt sind. An diesem Abend versuche ich Mami zu trösten, aber sie bleibt traurig.

Endlich, am nächsten Tag erfahre ich auch weiteres. Meine Tierärztin ist gestorben und dabei habe ich sie doch so lieb gehabt. Immerhin hat sie mich bei der Operation gerettet und vor 2 Wochen wieder heile gemacht. Nun bin ich ebenfalls ein wenig traurig, muss mit Mami nach Hameln in die Kleintierklinik, weil, ich muss diese Spritze kriegen. Der Doktor gefällt mir nicht – wenn ich das mal so feststellen darf. Außerdem fummelt der mir laufend in der Schnauze rum – dabei will ich nur die Hormonspritze – basta. Endlich, Fall erledigt, nichts wie raus hier. Mami zahlt an der Rezeption und will auch endlich los.

»Rezeption – ha, wie vornehm. Dabei stinkt's wie überall in den Praxen. Was bildet ihr euch bloß ein? Und richtige Leckerlis rückt ihr auch nicht raus. Vergesst es, tschüss!«

Tür auf und … schade, der Tierarzt will noch was. Aber was? Und schon wieder bin ich im Sprechzimmer und wieder hat der seine Pfoten in meiner Schnauze. Er fotografiert meine Zähne, aus allen Lagen. Als Krönung erhalte ich noch Geld für die Bildchen. Die sollen in der Veterinärfachzeitschrift veröffentlicht werden. Herr Doktor schreibt über das Zähneputzen und die Qualität der Zähne im Alter … *Was versteht der denn vom Alter? So gesehen lobe ich zum ersten Mal diese Aktion Zähne putzen am Morgen.*

Endlich, endlich fahren wir nach Hause. Wie schön!

Auffallend, wie viel Abneigung Nessy dem unbekannten Arzt entgegenbringt. Dabei tut er nichts, was andere Ärzte nicht auch tun. Klar, er will Nessy auf Diätfutter setzen – mehr aus übertriebener Geschäftstüchtigkeit –, aber sollte sie das verstanden haben? Oder ist es gar das Gespür für meine eigene Ablehnung? Ich glaube nämlich, so richtig punkten konnte er bei mir auch nicht. Dafür war uns Frau Dr. Stein zu sympathisch.

Wieder daheim wetze ich erst mal zu Wotan – muss ihm doch von diesem doofen Tierarzt erzählen. Aha, sein Frauchen hat Neuigkeiten, für mein Frauchen. Als ob wir gar nicht da sind, pah, typisch Mensch! Haben dennoch gelauscht und besprechen die Sache jetzt mal ganz ernsthaft. So von Hund zu Hund.

»Wotan, hast du das gehört? Ein neuer Tierarzt soll in Frau Dr. Steins Praxis sein. Wann musst du denn zur Impfung? Noch vor mir? Dann schau dir den Kerl bloß gut an und berichte. Und vor allem, wie riecht der?«

»Nessy ich muss schon nächste Woche dahin. Kannste deine Mutter nicht überreden mitzukommen? So zum Pfotehalten?«

Nach den Leckerlis, die Wotans Mami immer da hat – deshalb gehe ich ja so gerne dahin –, mache ich mich vom Acker und gehe meine Runde. Kaum Mäuse zu finden, sch… Tag.

Wieder in den heimischen vier Wänden höre ich meine Menschlinge debattieren, über Bayern. Die wollen Ernst machen, dahin ziehen. Mami telefoniert lange mit Anja und diese dumme Person hat gleich ein Wohnungsangebot – ich will da nicht hin! Und nun verabreden die ein Wochenende in Bayern mit entsprechender Besichtigung. Schon wieder auf Achse.

Angekommen. Xeni spielt verrückt vor Freude und weicht meiner Mami nicht von der Seite bzw. vom Schoß. Obwohl, jetzt muss sie weit mehr laufen und wird nach der ersten Runde wieder gründlich gebadet. Aber wenn wir dann auf den Feldern toben und stöbern dürfen, und zwar ohne Leinenzwang, dann ist das Hundeglück pur – auch und gerade für die kleine Maus Xeni, gerade jetzt im Frühling 2006.

Jetzt hüpfen Mami und Papi mit einem völlig fremden Mann in einem Rohbau umher. Papi redet und redet, schmiedet schon Pläne und Mama hat den typischen Blick drauf … *halt einfach die Klappe und frage die richtigen Sachen …*, ist einfach nur angesäuert. Mami kommt ohnehin nicht zu Wort, denn Papa richtet bereits ein, bepflanzt das winzige Grundstück und fragt so unglaublich wichtige Dinge wie, kann ich vorzeitig hier Pflanzen, Bäumchen und Gewürze deponieren und ab wann kann ich das machen … etc. Hebt Mamis Laune so gar nicht. Ich halte mich da besser raus, das gibt Redebedarf nachher.

Und richtig. Mama erweckt den Anschein, dass sie gar nicht da rein ziehen will. Ja bin ich bescheuert, so eine Kaltmiete zu zahlen? Wofür bitte, brauchen wir zweieinhalb Hanseln einhundertvierzig Quadratmeter? So ledert sie los.

»Also ehrlich Mama, aber was heißt hier Hanseln? Und wer ist der halbe Hansel? Ich hoffe doch sehr, dass nicht ich damit gemeint bin. Außerdem solltest du wissen, dass dann zwei Dackel in deinem Haushalt leben. Nicht nur ich, denn Xeni wird garantiert zum Dauergast.

Vergiss das nicht!«

Hurra, Mami hat mich verstanden, aber sie will wohl eher nicht hierher. Na gut, muss ich nicht gleich wieder umziehen.

Und du willst mein Feind sein?

Das Ende vom Lied: Mama hat gewonnen. Das Haus ist zu groß, viel zu teuer und das Dorf nicht der richtige Fleck. Erledigt. Papa beugt sich, anfangs widerwillig, dann aber, nach logischer Denkweise durchaus überzeugt.

Und wieder ist sie da – die Debatte über einen Umzug nach Bayern.

Manche Pläne werden immer wieder verschoben, verändert und euphorisch gefeiert – um über den Haufen geworfen zu werden. Meistens weiß keiner, warum das so ist – aber eine innere Stimme übernimmt die Regie. Im Nachhinein stellt man fest, das war genau richtig so!

Diese innere Stimme waltete selbst hier ihres Amtes und ließ die
Vernunft siegen. Wie Nessy schon sagte, viel zu groß, viel zu teuer!
Und wer weiß, wozu das noch gut ist! Von Nessys Panik merken
wir noch nichts.

Vorher geht's, zum Glück, Richtung Walchsee, zu unseren
Mädels. Ich glaube, ich sollte mal mit Maxl darüber reden.
Effi kann ja auch ihre Meinung äußern, aber Maxl ist aus-
schlaggebender. Ach, ihr kennt Effi noch nicht? Na so was,
das ist die Hundedame an Maxls Seite. Gleiche Zucht, gleiche
Rasse (Bryard) und genauso schwarz. Nur ein wenig frecher
im Auftreten und feiger bei deutlicher Ansprache, zum Beispiel
von mir. Jawohl, habe ich erfolgreich durchgeführt. Und nun
macht sie, was ich von ihr verlange. Meistens wenigstens. Aber
unsere heftige Diskussion im Frühstücksraum habe ich gewonnen. Da bin ich, Dackel, vor ihr stehend, bellend in Richtung
Ausgang geschritten, Effi mit eingezogenem Schwanz rückwärts in die Flucht treibend. Seither sind die Fronten geklärt
und wir wirkliche Freunde. Natürlich, die Menschlinge, alle
vier, haben sich kaputt gelacht. Typisch, nur zuschauen und
lachen – ja mei, macht gefälligst mit, ihr überlegene Rasse!
Nicht immer macht die Größe den Sieger aus. Auf jeden Fall
hat unser Dackel die Oberhand behalten. Maxl war nie eine Ge-
fahr. Der liebt Nessy und passt überall wunderbar auf seine kleine
Freundin auf. Selbst wenn wir mal mit ihr schimpfen, dann er-
scheint mahnend der Bollerkopf von Maxl und will besänftigen.
Sozusagen der Bodygard der Dackeldame Nessy.

Wunderschön ist es wieder. Berge, Berge und hier der See.
Wieder reden meine Menschlinge vom Umzug beziehungs-
weise der Möglichkeit, hier zu leben. Abends, bei einem Gla-
serl Wein reden sie mit den Mädels und dann sagt Claudi die
weltbewegenden Sätze:

»Ja ihr redet davon, lange schon, warum tut ihrs nicht? Was hindert euch daran, den Norden zu verlassen? Wir jedenfalls unterstützen euch auf ganzer Linie.«

Wenigstens bewegen diese Sätze mein Leben. Weg von Nabu, Jette oder Wotan? Andererseits, nicht immer dieses doofe Wetter, immer Wind, viel, viel Regen, dazu nicht mal im Sommer durchgehend warm und ich werde nicht jünger. Rheuma haben alte Menschen oft und wir Hunde? Hier ein Zipperlein, da ein Wehwehchen, ja da ist wärmeres Klima durchaus hilfreich! Also sollten wir wirklich mal nachdenken, aber nur nachdenken, okay!

Wie immer ist die Zeit in Walchsee viel zu schnell vorbei, Mami und Papi packen wieder – es geht nach Hause. Und wie immer ist der Wagen voller als bei der Anreise. Wie schaffen Menschen das nur?

Kaum daheim muss ich erst einmal allen erzählen, was die Großen planen. Wotan findet das richtig blöd, Jette hat es wohl nicht so ganz kapiert und Nabu ist schon jetzt frustriert. Mama und Papa aber reden noch mit niemandem darüber. Aha, großes Geheimnis.

Überhaupt läuft bei uns einiges komisch ab. Wenn Papi nicht zu Hause ist, dann telefoniert sie, fährt mit mir irgendwohin und bestellt was – ohne dass wir es bekommen. Komisch.

Aha, so ist das. Das bekommen wir schon, nur nicht heute. Vorbestellung nennen Menschen das. Na gut, da ich nicht einmal weiß, um was es geht, kann ich nichts ausplaudern. Als ob ich dazu neige!

Schon spaßig, wenn Hunde permanent so fragend und nicht verstehend schauen. Zwar macht Nessy alles mit, aber ihr Dackelblick ist das reinste Fragezeichen.

Anfang Juli geht es kurzfristig wieder Richtung Bayern. Erst kann ich bei Martin mit Seppi spielen, toben und ausgiebig schwatzen. Immerhin muss ich ihn in die Pläne meiner Großen integrieren. Er findet die Umzugsideen okay. Dummbeutel! Noch ein kurzer Abstecher zu Anja und Xeni, Kaffee trinken und schon stehen wir auf der Matte – in Walchsee, bei den Mädels. Wir fahren am nächsten Tag nach Reit im Winkl, direkt an der Grenze zu Österreich, Wohnung ansehen – das war wohl ein Volltreffer. Oder? Kurz darauf geht's wieder ab nach Hause, denn Mamis Organisationseifer der Vergangenheit soll nun Früchte tragen. Und ich weiß nicht wirklich, was da läuft. Dabei ist es doch viel zu warm, jedenfalls hier in Bayern und Umgebung.

Wieder zu Hause und Mami bereitet irgendetwas vor – ha, ha, ich weiß es ja …

Jetzt ist es heiß, sehr heiß an den Tagen. Auch bei uns im Weser Bergland. Ich gehe erst ziemlich spät aufs Gässchen und da ist Wotan schon weg und die anderen Vierbeiner unsichtbar. Kessy läuft uns manchmal über den Weg, aber das war's auch schon.
    Und dann, an einem Donnerstag war es endlich so weit. Mami hatte vorher oft mit Grete die Köpfe zusammengesteckt, so dass ich nichts verstehen konnte und heute weiß ich Bescheid. Papi hat Geburtstag! Nicht irgendeinen, nein, einen runden. So mit einer Sechs vorne – mehr verrate ich nicht! Und was das Beste ist, er hat von nichts 'ne Ahnung. Zwar von heute, aber der Rest ist einfach nur Überraschung … Am Donnerstagabend kommen Grete und Wolfgang, wir grillen, trinken ein wenig und schon ist es mitten in der Nacht. Freitag, nach meiner abendlichen Runde riecht es unglaublich gut in der Küche – aber Mami wartet und wartet. Selbst Papi wird sehr ungeduldig. Aber Mami strahlt eine stoische Ruhe aus, lässt sich nicht erweichen. Als das Telefon klingelt und Mami maximal drei Sekunden schwatzt, oder schwatzen lässt, erhellt

sich ihr Gesicht. Ein verschmitztes Lächeln treibt sie an den Herd, das Geschirr und was so alles vonnöten ist. Ja und nun, fragen Papis und mein Gesicht? Und dann … klingelt es …

Ich sause laut jubelnd los, ohne zu ahnen, wer da läutet und finde Gabi und Gunter aus Berlin vor der Tür. Ganz Welsede wird durch meinen Jubel informiert, aber das ist mir egal. Und Papa? Na der schaut vielleicht dumm aus der Wäsche. Das Vorbestellte ist nicht gekommen, sage ich Mami. Die aber sagt, das käme morgen – und was ist da geplant? Ach nee, ich weiß ja wirklich von nichts. Schade, wirklich sehr schade. Endlich kommt ein unglaublich toller Rehrücken auf den Tisch und alle essen und schweigen, genießen. Dann will Gunter alles genau wissen. Rezeptaustausch nennt man das wohl. Vor allem die Pilze in irgendwas erregen allgemeine Aufmerksamkeit – fast werde ich dabei vergessen. Von dem fein Gekochten haben die mir nichts gegeben. Weil Rehrücken in Wein liegt oder so. Na und, was geht mich sein Elend an; will doch nur kosten, ob für Menschen bekömmlich!

Aber dann werde ich doch noch verwöhnt, mit Reh, das Mami für mich speziell zurückgelegt hatte, und Streicheleinheiten von mindestens sechs Händen.

Wieder ist Mitternacht vorbei und die trinken und reden immer noch. Für mich kein Problem, denn ich liege auf meiner Liege in meine Decke gewickelt. Menschen sind doch Nachtschwärmer!

Samstag kommen die Berliner zum Frühstück – was man so Frühstück nennt. Ich gehe mit Mami allein auf Hunderunde und danach geht es rund bei uns. Immerzu kommen neue Leute und mein Papi kommt aus dem Staunen nicht mehr raus. Erst Annette und Sven und dann, ganz spät, Lutz und Dagmar, auch aus Berlin. Papi bekommt Panik, weil Mami gar keine Anstalten macht Essen herzurichten und er befürchtet, dass alle hungern müssen. Na so ein Dummerchen aber auch!

Ich glaube jetzt zu verstehen. Endlich, endlich kommt das, was wir damals bestellt haben. O ja, clever von Mami, nicht mal abwaschen muss sie. Und es schmeckt einfach nur supertoll!

Ein wundervoller Geburtstag, über dreieinhalb Tage. Ist das so bei runden Geburtstagen? Ich fand das wunderbar, denn mir ging es dabei wirklich hervorragend.

Pünktlich am Sonntag sechzehn Uhr, die allerletzten Gäste haben die Heimreise angetreten, beginnen Gewitter mit Blitz und Donner und als Krönung fällt das Thermometer. Nein, nicht auf die Erde, sondern –, ja, was eigentlich? Auf jeden Fall wird es lausekalt. Bei jener Feier, der am Samstag, haben meine Eltern die Katze aus dem Sack gelassen – wir ziehen Ende September nach Bayern. Ja ich war auch schon in meinem neuen Zuhause. In dem Haus wohnen eine Katze und ein Kater. Ach ja, deren menschliche Eltern auch. Die Gegend ist ja wirklich wie eine Kitschpostkarte, aber … Ich habe ein wenig Angst, alles fremd und neu.

Und nun wohnen wir hier, in Reit im Winkl. Ich hatte doch ungeahnte Eingewöhnungsschwierigkeiten. Habe lange gebraucht, um mich einzuleben. Immerhin bin ich jetzt neun Jahre alt und nicht mehr so taufrisch. Manchmal war ich auch traurig – trotz Effi und Maxl so in unmittelbarer Nähe. Irgendwann lernte ich aber die neuen Hunde hier kennen, fand Leidensgenossen – also auch neu Zugereiste und dann war alles nur noch halb so schlimm. Mit der Katze komme ich recht gut aus, der Kater ist wunderschön, aber ein Angsthase, rennt immer weg – Feigling!

Mehr als ein Jahr ist vergangen, die Katze gibt es nicht mehr, aber ein kleines, frisches Katerchen. Erst tauften ihn seine Menschen auf den Namen *Sammy*, um ihn eine Woche später auf *Batsy* umzutaufen. Batsy ist sehr putzig, bandelt immer mit mir an, ganz behutsam und auf Samtpfötchen schleichend. Jetzt hat er meine Liege, mein Zuhause und überhaupt alles erobert. So zart und vorsichtig ist er immer noch, nur gewachsen ist der Kerle. Wir zwei begrüßen uns immer sehr lieb und zärtlich und oft sitzt Batsy vor unserer Wohnungstür und begehrt laut mauzend Einlass. Mami sagt dann immer »Batsy brüllt« und öffnet die Tür. Der Halbstarke hat noch immer die Angewohnheit, auf alles zu springen, was im Raum steht. Kein Schrank, kein Tisch ist vor ihm sicher. Eines Morgens stolzierte er, wie so oft, durch unsere Zimmer, kam in die Küche und sprang – gradewegs auf den Mülleimer. Dummerweise hat unser Eimer einen Schwingdeckel. Seither springt Batsy bei uns nirgendwo rauf. Jetzt kommt er mit Vorliebe zum Katzenfernsehen. Was das ist? Batsy sitzt vor der Terrassentür und beobachtet die Vögel, die zum Futterhaus fliegen, stundenlang.

So ist unser, mein Leben in Bayern. Neue Freunde habe ich gefunden, Abi, einen Cocker Spaniel, Filou, ein blonder Bryard, Bubi, mein absoluter Mischlingsliebling, Joshi, der Jack Russel, und diverse Urlauberhunde. Allerdings sind Letztere zeitlich begrenzt hier. Klar, nicht alle sind nur nett und lieb, aber die Dackel, die sind es immer!

Joshi ist ein Küsser und er küsst mich zu gerne – ich halte geduldig still. Abi hingegen ist auch ein Schmuser, aber nicht mit mir, sondern mit meiner Mami. Dann sitzen die zwoa auf dem Fußboden, Stirn an Stirn und flüstern miteinander. Irgendwie anrührend.

Besuch hatten wir auch schon viel. Gaby und Gunter, die aus Berlin, Martin aus Spanien (eigentlich Urbayer), Sabine, Helmut und die Mädchen Salina und Sabrina und, und, und … jede Menge anderer Leute. Allen gefällt und gefiel es hier ausgesprochen gut. Annette und Sven haben weihnachtlichen Schnee genossen und Mami geht gerne Ski laufen, Langlauf. Hat sich extra solche langen Stöckchen und Brettchen gekauft.

Toll. Papi will das im nächsten Schnee ebenfalls testen. Sagt er wenigstens, was aber nicht ernst zu nehmen ist!

Ich bin nun ein Bayern-Dackel, zehn Jahre alt und immer noch recht fit. Allerdings – jodeln kann ich immer noch nicht perfekt.

Ich hoffe, es geht allen, die das lesen, ebenso!

Ja, so vergehen die Jahre, die zehneinhalb unserer Nessy. Natürlich war sie auch mal krank, abgesehen von der Operation. Pünktlich am Jahresanfang bekommt sie in aller Regel einen Schub von Dackellähme und nun nimmt sie jeden Tag eine viertel Tablette Vitamin B und wir hoffen sehr, dass sie noch lange, sehr lange unser Familienhund bleibt. Wie sensibel so ein Hund, in diesem Fall unser Dackel, ist, haben wir oft genug feststellen können. Jede Veränderung nimmt er auf, nicht nur räumliche, insbesondere Stimmungen seiner Bezugspersonen. Sind die traurig, versucht er alles, wirklich alles, um zu trösten. Oft hält ihn nicht das spannendste Spiel davon ab, alles stehen und liegen zu lassen und sich bei seinen Menschen eng anzukuscheln. Mit den gutmütigen Augen gibt er dann zu verstehen: »Sei nicht mehr traurig und hab keine Angst, ich bin doch bei dir …« Und all das tut er ohne jemals eine Gegenleistung zu erwarten, geschweige denn zu verlangen.

Wenn alle fröhlich, ausgelassen, gar albern sind, stürzt er sich mit Freude ins Getümmel und seine Rute, also sein Schwänzchen, fällt fast ab vor Wackelei. Gute Laune liebt er ungemein!

Warum sind Menschen nicht auch so?

Wenn ich am Ende dieses Buches einen Wunsch frei hätte, so wünschte ich mir von den Menschen Ehrlichkeit, Aufrichtigkeit und gegenseitige Achtung – von allen Menschen, egal welcher Hautfarbe welcher gesellschaftlichen Stellung und unabhängig vom Geldbeutel!!! Der Rest wäre dann eine Art Folgeerscheinung: die weltumspannende Harmonie.

Wie schön könnte doch unsere Welt sein!!

Lightning Source UK Ltd.
Milton Keynes UK
UKHW010945281220
376014UK00001B/321